阿濃

# 陪你讀唐詩

阿濃　著

**阿濃陪你讀唐詩**
作者／阿濃
策劃編輯／周淑屏
協力編輯／羅詠恩
美術設計／陳詩韻
插圖／Milton Wong
出版發行／突破出版社
香港沙田亞公角山路33號突破青年村
電話：2632 0000　傳真：2632 0388
電郵：breakthrough@breakthrough.org.hk
網址：http://www.breakthrough.org.hk
http://www.btproduct.com
承印／陽光（彩美）印刷有限公司
2019年6月初版1刷
2022年9月初版4刷


Tang Poems: Read with A Nong
by A Nong
First Printing, First Edition, June 2019
Fourth Printing, First Edition, September 2022

Printed in Hong Kong
ISBN 978-988-8562-08-4


**本書採用環保油墨印刷**

# 人文價值

或坐在巨人的肩膀上，或呷一口書香，讓我們的生活漸次提升，讓眼界更見遼闊。

# 目錄

**第二章　　杜甫篇**



**第三章　　白居易篇**

## 第四章　其他詩人

**第五章　　漫談唐詩**

## 序：讓我陪你

只要你識字，都應該讀詩，因為詩是文字組成的最佳成品。

只要你讀詩，就不能不讀唐詩，因為裏面有中國最好的詩。

唐朝詩人以千計，被收集的作品四萬多，除較齊全的《全唐詩》之外，選本也多得無法計算。

阿濃做了一件吃力的工作，要把自己認為較有代表性的介紹給年輕人。

首先他們是重要作家的重要作品，在內容和藝術性上都是被公認為最優秀的。

其次是我認為比較適合青少年的，可以為他們的「詩教」打下基礎。

我毛遂自薦要陪你讀，首先你要相信我的口味，同時相信我的選擇能力。

畢竟是千多年前的文字，我的第一件工作是把它説明白，不是簡單的翻譯和註解，可能是把它用故事演繹出來。

跟着是指出欣賞角度，盡量做到多元，不會妨礙大家有自己的看法。

請相信我是一個有趣、有見地的陪讀者，陪你走一段短短的路，讓你有一個詩意的人生。

# 第一章

## 李白篇

# 第 1 節　少年李白

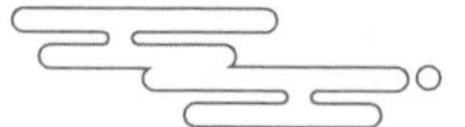

中國詩歌的黃金時代是唐，成就超越了歷代，之後經歷多個朝代，卻也無法超越唐代。

清康熙年間編輯的《全唐詩》，共收詩 48,900 餘首，作者 2,200 多人。一般公認的寫得最好的詩人是李白，也就是說，古往今來，中國最出色的詩人是李白。

因此，即使你不是詩人，你不寫詩，只要你想自己對中國文化有基本認識，你對唐詩、對唐詩最重要的作家李白，就要知多一些。

那就從少年李白認識起吧。

拿現代的眼光來看，李白很「潮」，是個時代青少年。他生於公元 701 年，離現在 1,300 多年，是中國歷史上的盛世大唐。如今在海外，對中國人還稱「唐人」，聚居的地方叫「唐人街」，中國服裝是「唐裝」，中國菜是「唐餐」，說的是「唐話」，即使在香港，中國人居住的一

類樓房仍然叫「唐樓」。李白的祖籍是隴西成紀，今天的甘肅天水縣，但他的出生地是碎葉城，如今是吉爾吉斯共和國一個文化古城。李白家境富有，天資聰明，書讀得多，騎術、劍術都很嫻熟。他五歲跟父親移居四川，浪遊半個中國後，到了繁華的都城長安，壯志滿心間，希望有所作為。讓我們先讀他兩首《少年行》，可看到他的少年生活和情懷：

其一

五陵年少金市東，銀鞍白馬度春風。

落花踏盡遊何處？笑入胡姬酒肆中。

比照如今的富家兒，開名車暢遊後，去有美女伴飲的酒館求醉了。看這首詩，李白對這種生活態度並沒有表示否定，因為他自己也是其中一員。

其二

擊筑飲美酒，劍歌易水湄。

經過燕太子，結托并州兒。

少年負壯氣，奮烈自有時。

因擊魯勾踐，爭博勿相欺。

一個人在青少年時代，心中會有他們的偶像。李白的偶像是歷史上的游俠，重義氣，輕生死。要像敢於行刺暴君的高漸離、荊軻，在需要時獻出頭顱、熱血。

刺秦的荊軻、擊筑的高漸離、主謀刺秦的燕太子丹，他們可歌可泣的故事不在這裏說，大家上網一查便知。要補充的是詩中「魯勾踐」，是戰國俠士，曾因小事跟荊軻爭執。李白這裏的意思是大家都是江湖兄弟，可要同仇敵愾，別自家人傷了和氣。

少年時代是人生青春期，情愛難免，這方面李白有什麼作品呢？請看下篇。

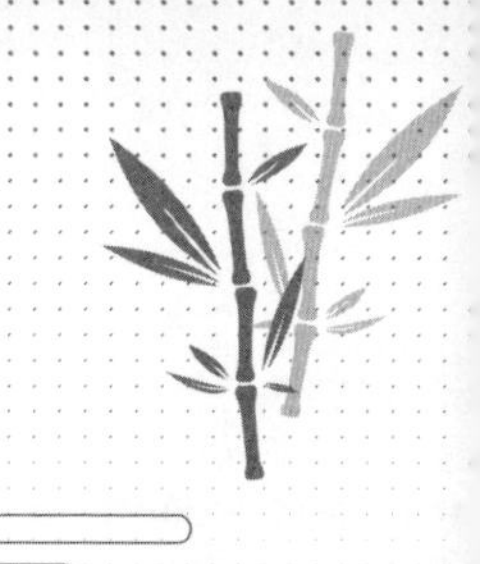

# 第 2 節　情愛李白

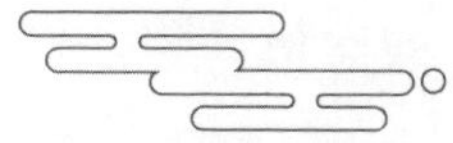

根據考據，李白前後有四個妻子，卻不像杜甫、元稹有動人的寫夫妻情愛的詩篇。

但李白有一首詩寫了最純最真最深的配偶之愛，請看《長干行》：

妾髮初覆額，折花門前劇。郎騎竹馬來，遶牀弄青梅。
同居長干里，兩小無嫌猜。十四為君婦，羞顏未嘗開。
低頭向暗壁，千喚不一回。十五始展眉，願同塵與灰。
常存抱柱信，豈上望夫臺。十六君遠行，瞿塘灩澦堆。
五月不可觸，猿聲天上哀。門前遲行跡，一一生綠苔。
苔深不能掃，落葉秋風早。八月蝴蝶黃，雙飛西園草。
感此傷妾心，坐愁紅顏老。早晚下三巴，預將書報家。
相迎不道遠，直至長風沙。

長干是居住的地方名，「行」是詩歌的體裁。

這首詩寫一個女子跟一個男子由童年相識到結婚到長久分離，期盼團聚的心理狀態。

全詩可分四個階段，第一階段由「妾髮初覆額」到「兩小無嫌猜」，說的是「青梅竹馬、兩小無猜」的天真無邪的交往，這兩句成語的來源在此。

第二階段由「十四為君婦」到「猿聲天上哀」，說的是新婚的羞澀，相愛的堅貞，遠行的擔心。總共三年，每一年用三句來表述，「低頭向暗壁，千喚不一回」，本來的童年玩伴，一旦成為夫妻卻不敢面對，比對今天女子的大方自信，實在難以想像。「願同塵與灰」、「常存抱柱信」是關係解凍後，互相表達愛意，以古人的信諾為榜樣海誓山盟。「瞿塘灩澦堆」的危險，配以「猿聲天上哀」，寫了旅途的艱險。

第三階段由「門前遲行跡」到「坐愁紅顏老」寫的是離別之痛，用車跡、綠苔、落葉、秋風、雙飛蝴蝶來奏出一首長相思之痛。

第四階段由「早晚下三巴」到「直至長風沙」，「長風沙」是地名，只要一接到他歸來的消息，她會去到遠遠的

埗頭迎接他。

短短 150 字寫了一個長長的故事，一重深深的情意、一份濃濃的哀愁、一份切切的盼望。

作為浪漫詩人的李白，筆下怎會沒有青春期的情愛追求，怎會沒有兩性間的愛慕、幻想、思念、期盼和失望？請看他的《採蓮曲》：

若耶溪傍採蓮女，笑隔荷花共人語。
日照新妝水底明，風飄香袂空中舉。
岸上誰家遊冶郎，三三五五映垂楊。
紫騮嘶入落花去，見此踟躕空斷腸。

夏天，若耶溪邊，荷花盛開。氤氳的荷花香氛中，聽到女子嬌笑的聲音夾雜着嘁嘁喳喳的吳儂軟語。原來一班採蓮女正隔着荷花交談。她們互相打趣，說誰最近迷上了一個少年郎，說一個傻傻的男子常在某某的門前張望。

她們都好好的修飾得明媚鮮豔，倒影水中，人面跟花朵亂成一片。水面的輕風吹動她們的衣袖，脂粉的香味混合了荷花的香氣，隨着像舞蹈的動作散發到四周。

岸上正有一班浪蕩青年，在柳樹下打打鬧鬧，表現自己的矯捷和靈巧。眼睛不時瞟向水上的女郎，嘴裏説些無聊的話，又誇張地笑。

時間久了，僵局始終無法打開，最後一個個上馬走了。馬嘯聲中，隱入如雨的落花瓣中。

這時採夠了蓮花的女子們也上岸了，聽着遠去的馬嘶，在樹下緩慢地走回家去，心裏有説不出的失落悵惘。

作為男子，愛看美女，亦屬正常。李白對活潑、俏麗的採蓮女子，情有獨鍾。

鏡湖水如月，耶溪女似雪。新妝蕩新波，光景兩奇絕。

女孩子們對虎視眈眈的男孩子也美目顧盼，摘花相擲，輕啟朱唇，齊唱棹歌。到男孩追近，她們又「笑入荷花去，佯羞不出來」。李白為這追逐情愛的場景寫了《越女詞五首》，説是「越中書所見也」。

李白還記述一次「豔遇」，詩中男子是否李白本人不必深究，卻可看到唐代部分女子的豪放自信：

駿馬驕行踏落花，垂鞭直拂五雲車。

美人一笑褰珠箔，遙指紅樓是妾家。

騎着駿馬的男子用馬鞭輕拂女子乘坐的馬車。女子笑着掀開車簾，指着前面紅色的樓房說：「我就住在那裏。」

意思說：「邀請你上來喝杯茶唷。」

少年李白對青春情懷的欣賞和體會，是生氣勃勃不受拘絆的，這是他可愛處之一。

若耶溪傍採蓮女，

笑隔荷花共人語。

# 第 3 節　得意李白

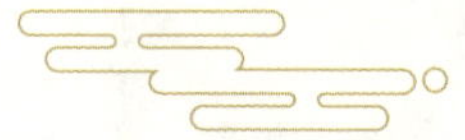

李白在詩歌上的表現是絕世天才，他知道自己的斤兩，不屑跟隨科舉取士進入仕途，而是靠個人卓越的表現直接受到重用。

這當然需要一個有地位的引見者，他就是賀知章。

説到賀知章，大家或許認識不多，但很多人讀過他的《回鄉偶書》：

少小離家老大回，鄉音無改鬢毛衰。
兒童相見不相識，笑問客從何處來。

賀知章當時身在長安，官職是太子賓客。天寶元年，李白來到長安，兩人一見如故，共同嗜好是喝酒吟詩。李白給賀知章看了《蜀道難》和《烏棲曲》。這《蜀道難》，李白展示了他學養的豐富、描繪能力之強、氣魄之宏大、想像能力的變幻莫測。在體裁方面又不受形格規範，自由大膽的隨意放歌。而《烏棲曲》本是樂府舊題，李白卻把

它寫得別有寓意，以陰冷氣氛暗示醉生夢死的帝王生活，如夕陽下山，秋月墜江，即將走向沒落，無法阻止東方之既白。讓我們看看這首《烏棲曲》：

姑蘇臺上烏棲時，吳王宮裏醉西施。

吳歌楚舞歡未畢，青山欲銜半邊日。

銀箭金壺漏水多，起看秋月墜江波，

東方漸高奈樂何？(「高」等於「皜」，光亮。)

賀知章讀了這兩首詩，讚不絕口，說：「子謫仙人也！」意思是天上被謫下凡的仙人，才有這樣的才氣。

他們飲酒吟詩，不覺時間的過去。到結賬時，才發覺大家身上都沒帶錢，賀知章把身上佩戴的小金龜用來抵押。

後來賀知章把李白舉薦給明皇，才有一番榮耀。賀知章死後，李白有詩懷念他：

四明有狂客，風流賀貴真。長安一相見，呼我謫仙人。

昔好杯中物，今為松下塵。金龜換酒處，卻憶淚沾巾。

(註：賀知章字貴真，自號四明狂客)

賀知章把李白引見給明皇後，李白最初受到的寵幸是罕見的。李白在金鑾殿上獲得接見，奉上頌文，當然是擦鞋文章，看來賢者亦難免。明皇十分高興，有天才詩人歌功頌德，當然歡喜，立即賜食，還親自為他調羹，封他一個供奉翰林的官職。

有一天，宮中牡丹盛開，明皇命人移植到興慶池東的沉香亭前，準備來一個賞花歌舞之會。楊貴妃打扮得仙女一般的來了，由樂師李龜年領導的音樂班子準備演唱了。明皇說：他不想聽舊歌，要聽新曲，下旨宣李白進宮。

這時李白正在街上喝得醉醺醺的，如杜甫《飲中八仙歌》所說：

李白一斗詩百篇，長安市上酒家眠。

天子呼來不上船，自稱臣是酒中仙。

李白被帶到宮中，左右用冷水噴灑他的臉，讓他清醒。由李龜年送上金花箋，宣旨要他進《清平調詞》三章，李白雖然酒意未全醒，還是援筆立就：

其一

雲想衣裳花想容，

春風拂檻露華濃。

若非羣玉山頭見，

會向瑤台月下逢。

其二

一枝紅艷露凝香，

雲雨巫山枉斷腸。

借問漢宮誰得似，

可憐飛燕倚新妝。

其三

名花傾國兩相歡，

常得君王帶笑看。

解釋春風無限恨，

沉香亭北倚欄杆。

李龜年把墨跡未乾的詩人新作給明皇看了，明皇甚是歡喜，就由李龜年跟他的樂隊班子略加排練，都是一等高手，很快便能上演。龜年隨樂聲歌唱，明皇吹玉笛相和，貴妃手持七寶杯，酌西涼州葡萄酒帶笑欣賞。這是李白最得意的時候。

# 第 4 節　失意李白

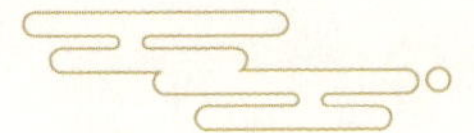

李白得到帝王寵幸，只不過想把他當做一個增添生活樂趣的弄臣，可是李白早懷大志，希望「濟蒼生」、「安社稷」、「申管晏之談，謀帝王之術，奮其智能，願為輔弼。使寰區大定，海縣清一。」他是想效法春秋時齊國兩首相管仲和晏嬰，為國家做一番事業，結果他失望了。加上他恃才傲物的狂態，得罪了不少庸官佞臣，不斷向明皇進讒。他跟明皇的關係愈來愈差，終於忍不住了，在憤懣的心情下上書求退，炒皇帝的魷魚。明皇也不勉強，送了不輕的一批黃金作為盤川，讓他到處遨遊。作為賓主一場，這樣的分手算是不錯的了。李白的急流勇退，對他當時來說或許是憾事，但事實對他本人和後世，卻值得大大慶幸。歷史上少了一個為帝王私人僱傭的臣僕，卻多了一位具備自由靈魂的偉大詩人。他在長安前後三年而已。

李白為此寫了《行路難》，這路指的是李白的人生之路，有感慨，有期盼，在失望和希望間掙扎，在消極和積極間浮沉，讀時感受到詩人心情的複雜和矛盾。即使讀到最後，看到詩人的抉擇，還是體會到他的取捨為難和他的不甘心。

一

金樽清酒斗十千，玉盤珍饈值萬錢。
停杯投箸不能食，拔劍四顧心茫然。
欲渡黃河冰塞川，將登太行雪滿山。
閑來垂釣碧溪上，忽復乘舟夢日邊。
行路難！行路難！多歧路，今安在？
長風破浪會有時，直掛雲帆濟滄海。

二

大道如青天，我獨不得出。
羞逐長安社中兒，赤雞白狗賭梨栗。
彈劍作歌奏苦聲，曳裾王門不稱情。
淮陰市井笑韓信，漢朝公卿忌賈生。
君不見昔時燕家重郭隗，擁篲折節無嫌猜。
劇辛樂毅感恩分，輸肝剖膽效英才。
昭王白骨縈蔓草，誰人更掃黃金臺。
行路難，歸去來。

三

有耳莫洗潁川水，有口莫食首陽蕨。

含光混世貴無名，何用孤高比雲月？

吾觀自古賢達人，功成不退皆殞身。

子胥既棄吳江上，屈原終投湘水濱。

陸機雄才豈自保，李斯稅駕苦不早。

華亭鶴唳詎可聞？上蔡蒼鷹何足道？

君不見吳中張翰稱達生，秋風忽憶江東行。

且樂生前一杯酒，何須身後千載名？

且說說這三首詩的大意：

有美酒，有珍饈，就是沒有胃口。

把寶劍拔出來，卻看不到用武之地。

想渡過黃河，被冰阻塞了。

想登上太行山，大雪紛飛，把天都遮黑了。

也曾想過退下來在清清的小河上垂釣，

也曾想過坐隻小船在夕陽下做夢。

人生的路真難行，真難行！

這麼多的岔路，叫我怎樣才能乘風破浪，

鼓着滿滿的風帆，到那無邊的大海去！

要說人生大道，總是擺在那裏的，

偏偏我找不到出路。

不屑像長安市井中那些混混，

整天吃吃喝喝賭幾個小錢過日子。

也不屑像馮諼那樣彈着劍要這要那，

更不屑拉高袍腳在豪門陪笑乞憐。

有本領的韓信也曾忍受侮辱，

才調無倫的賈誼只博得庸儒妒忌！

像禮賢下士的燕昭王，

曾獲得那麼多能人來歸。

可歎他的白骨跟野草一同腐爛，

哪還有人把黃金臺再去打掃？

人生的路真難行，何處是故鄉？

不想學那聽了不中聽的話就要洗耳的許由，

不想學寧願餓死不吃周家糧食的伯夷、叔齊。

混混沌沌做個無名之人有什麼不好？

何必自以為像雲呀月呀那麼孤高？

請看伍子胥、屈原、陸機和李斯，

哪一個不是功成不退喪了性命？

到流淚後悔時已沒有重新抉擇的機會。

只有那聰明的張翰見機早，

有官不做回鄉飲酒吃鱸魚。

死後千載的名聲有什麼用？

倒不如開開心心喝一杯！

可惜李白逃不過宿命，捲入一場皇室鬥爭中，他身為敗方官員，判處流放蠻荒的夜郎，還未到達目的地，又遇赦放還。

他最後的歲月在安徽當塗度過，唐代宗即位，下詔封他為左拾遺，詔書未到，他已病逝，享年六十二歲。

總結他的晚年景況，杜甫寫得好：

「……江湖多風波，舟楫恐失墜。出門搔白首，若負平生志。冠蓋滿京華，斯人獨憔悴。孰云網恢恢，將老身反累。千秋萬歲名，寂寞身後事。」

# 第 5 節　月與李白

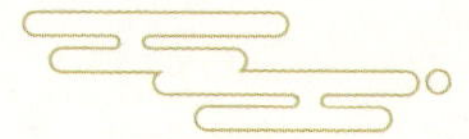

話說香港一間理工大學某年招考研究生，校長面試時，要他們背誦一首唐詩，結果七個應試者背的都是李白的《靜夜思》：

牀前明月光，疑是地上霜。

舉頭望明月，低頭思故鄉。

校長感覺不滿意，認為即使讀理工科也應有文化修養，因此他後來有推行古典人文教育的倡議。

不過學者劉士林卻有不同看法，在他編寫的《牀前明月光：唐詩閱讀筆記》的「前記」中說：「《靜夜思》無疑就是中國詩歌皇冠上最璀璨的明珠。」他這樣說，我是不大信服的，我覺得這首詩未免淺白，一眼已看到底。

劉士林說出他的理據有三：

一、思想直白。二、情感樸素。三、形式單純。

最好的詩要出於天真自然，愈是要深反而淺了，愈是要工細反而笨拙了。李白這首詩隨口而出，像蠶吐絲般出於天然。

有人數過李白寫月亮的詩有 30 多首，我喜歡的還有《古朗月行》、《月下獨酌》和《把酒問月》。

《古朗月行》是古題新寫，我覺得是最有兒童文學趣味的一篇：

小時不識月，呼作白玉盤。

又疑瑤臺鏡，飛在青雲端。(青雲一作白雲)

仙人垂兩足，桂樹何團團。

白兔搗藥成，問言與誰餐？

蟾蜍蝕圓影，大明夜已殘。

羿昔落九烏，天人清且安。

陰精此淪惑，去去不足觀。

憂來其如何？悽愴摧心肝。

李白說：

幼小時不認識月亮，叫它做白玉盤。

又以為是仙女梳妝的鏡子，飛上了雲端。

瞧，月裏的神仙垂下了兩隻腳；

噢，那棵桂樹的枝葉團團圓圓。

小白兔那麼用心搗藥，

是誰每天要吃這些丹丸？

哎呀，大蛤蟆把月亮吞了，

天空變得一片陰暗。

射下九個太陽的后羿哪裏去了？

有他在，天也清人也安。

看到月亮這被欺負的樣子，

不忍看下去，讓我走遠。

可是陣陣襲來的憂傷，

像刀子在戳我的心肝。

李白是個愛熱鬧的人，尤其在喝酒的時候。可是有一個晚上他落單了，獨自一人吃起悶酒來，結果有了這首《月下獨酌》：

花間一壺酒，獨酌無相親。

舉杯邀明月，對影成三人。

月既不解飲，影徒隨我身。

暫伴月將影，行樂須及春。

我歌月徘徊，我舞影零亂。

醒時同交歡，醉後各分散。

永結無情遊，相期邈雲漢。

我們可以想像詩人在一個春夜，有花有酒有月，高歌暢舞的浪漫情景，別人看起來詩人或是醉了，詩人卻把它們當做這個美麗晚上的良伴了。可惜詩人有情，月、影無情，暫時作伴，終要分散。但人世間知己難求，詩人許願說：月呀，影呀，別離棄我，我們相約，有緣再到天際遨遊吧！

詩人不但唱歌給月亮聽，還有問題問月亮：

青天有月來幾時？我今停杯一問之。

人攀明月不可得，月行卻與人相隨。

皎如飛鏡臨丹闕，綠煙滅盡清輝發。

但見宵從海上來，寧知曉向雲間沒。

白兔搗藥秋復春，嫦娥孤棲與誰鄰？

今人不見古時月，今月曾經照古人。

古人今人若流水，共看明月皆如此。

唯願當歌對酒時，月光長照金樽裏。(《把酒問月》)

詩人問的問題是亘古以來人類的疑問，也是始終無人能解答的疑問。明月呀，你是幾時開始有的？唐朝的李白問了，宋朝的蘇軾又問：「明月幾時有？」

想到古往今來，多少多少的人都在如水的月色下，想到同樣的問題。我們看不到古時的月亮，月亮卻照過古時的人。明月無窮，人壽有限，這是無可如何的事。蘇軾但願人長久，李白的祝願是，他對酒高歌時，杯子裏總有一個皎潔的月亮。

民間有一個傳説，李白是喝醉了酒，見到水中的月亮，投身撈取，因此溺死的。對一個醉中的月亮迷來説，倒是死得其所的。

花間一壺酒，獨酌無相親。

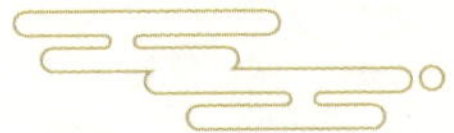

# 第 6 節　酒與李白

自從曹操的《短歌行》有這麼幾句：

對酒當歌，人生幾何？

譬如朝露，去日苦多。

慨當以慷，憂思難忘。

何以解憂，唯有杜康。（杜康是造酒人，也代表酒）

借酒消愁，成為許多人的指定動作。詩人李白是其中一個。杜甫的《飲中八仙歌》，其中第七個就是李白：

李白一斗詩百篇，長安市上酒家眠。

天子呼來不上船，自稱臣是酒中仙。

有酒飲就不把皇帝當一回事。

李白有一首詩寫給他妻子。

《贈內》

三百六十日，日日醉如泥。

雖為李白婦，何異太常妻。

「太常妻」是怎麼回事？後漢周澤做了個「太常」的官兒，負責祭祀宗廟。他對工作太投入了，就算病了，也在齋宮睡覺。他的妻子不放心他，去問訊他的疾苦，反而引起周澤大怒，說他的妻子犯了禁，把她送往治罪。李白有酒飲，也是連老婆都不要了。

李白有一首《客中行》：

蘭陵美酒鬱金香，玉碗盛來琥珀光。

但使主人能醉客，不知何處是他鄉。

只要有酒飲，就連故鄉也不思念了。

李白寫得最好的飲酒歌是《將進酒》，是那樣的豪氣，那樣的不顧一切，使所有愛酒的視為知己，是所有酒鋪最好的宣傳文字。這對閱讀本書的年輕人，影響並不好，但要看到李白的憂愁是那樣深那樣重那樣痛，才寄望於酒能為他解救。

《將進酒》

君不見黃河之水天上來，奔流到海不復回。

君不見高堂明鏡悲白髮，朝如青絲暮成雪。

人生得意須盡歡，莫使金樽空對月。

天生我材必有用，千金散盡還復來。

烹羊宰牛且為樂，會須一飲三百杯。

岑夫子，丹丘生，將進酒，杯莫停。

與君歌一曲，請君為我側耳聽。

鐘鼓饌玉不足貴，但願長醉不願醒。

古來聖賢皆寂寞，惟有飲者留其名。

陳王昔時宴平樂，斗酒十千恣讙謔。

主人何為言少錢？徑須沽取對君酌。

五花馬，千金裘，呼兒將出換美酒，與爾同消萬古愁。

李白的萬古愁是什麼？是時間的留不住，生命像水一般流逝，轉瞬間人就老了。別擔心有本領無處施展，別擔心金錢花掉要過窮日子，能飲酒為樂就別錯過，醉裏的世界最是無憂。沒錢了？拿名馬去換，拿狐裘去當，把我們的悲傷都在酒杯中融掉！

詩人也曾滿懷大志，想做一番利國利民的大事，但舉步維艱，歲月無情，才將滿腔悲憤寄托於酒杯之中。有幸的是他詩歌的天才，送給我們一首不朽的好詩。

# 第 7 節　李白的友情

像李白這樣多情豪放的詩人，朋友怎會少？相交時披肝瀝膽，高歌狂飲，到要分手時當然十分不捨，詩人就在離別的詩章中表達了他的深情。

詩人孟浩然是他的長輩，李白直述：「我愛孟夫子。」到孟要去廣陵（揚州）了，李白在黃鶴樓跟他餞別，然後送他登船，為這情景寫詩一首：

故人西辭黃鶴樓，煙花三月下揚州。

孤帆遠影碧空盡，惟見長江天際流。

李白站在江邊，目送帆船漸漸遠去，直到變成一小點至完全隱沒，剩下水天交接處的水平線。這悠悠不盡的情意讀者是領略得到的。

李白送另一位朋友，這次是陸路，且看《送友人》：

青山横北郭，白水繞東城。

此地一為別，孤蓬萬里征。

浮雲遊子意，落日故人情。

揮手自茲去，蕭蕭班馬鳴。

詩人見景作譬，那飄浮着的白雲像遊子般心思不定，而老朋友像落山的太陽，依戀不捨。終於要揮手作別了，馬車遠去，轉過彎被矮樹遮擋了，卻傳來馬的嘯聲，使送行的詩人心揪着痛。這馬鳴像江水一樣，留下綿綿思念。

詩人有一次送一個叫韋八的去長安，在江水、馬鳴之外，有了另一個象徵性的場景，可見詩人手法之多樣：

客自長安來，還歸長安去。

狂風吹我心，西掛咸陽樹。

此情不可道，此別何時遇？

望望不見君，連山起煙霧。（《金鄉送韋八之西京》）

詩人也掛念長安，忽發奇想，讓一陣狂風，把他的心吹到長安，掛在那邊的樹上。這是一幅多麼超現實的奇想！心中的難過不是文字能表達的，誰也不知道從今一別何時再遇。你走了，離開了我的視線，看到的是重重疊疊的山，和籠罩着山的煙霧。

李白送朋友，朋友也送李白，其中一個叫汪倫，是李白的粉絲。他寫信給李白，說他那裏有十里桃花、萬家酒店，歡迎李白到訪，李白心動去了。汪倫抱歉說：「十里桃花，指的是桃花潭，萬家酒店是一家酒店的店主姓萬。」李白大笑，沒有怪罪。在汪倫處盤桓數天，李白要走了，汪倫送他名馬八匹、官錦十端，唱着驪歌送他。李白很感動，寫了《贈汪倫》：

李白乘舟將欲行，忽聞岸上踏歌聲。
桃花潭水深千尺，不及汪倫送我情。

也是以眼前之景做比喻，黝綠色的桃花潭水深不見底，跟他們的友情可以相比。

這四首詩的手法都有相似之處，同學們可曾領悟了？

揮手自茲去，蕭蕭班馬鳴。

# 第8節　李白何往

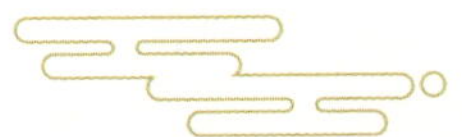

天才詩人李白胸懷大志，想為國家人民做一番大事，然後歸隱田園，享受豐足人生。命運也給了他一次機會，可惜小人當道，他終於抵受不住令人窒息的政治壓力，辭去官職。

其實李白想逃離現實世界由來已久，現實世界之醜陋跟詩人理想的美好世界有很大的落差。他曾到處流浪，欣賞大自然的雄奇幽邃；他曾隱居山村，遠離人事勾心鬥角的紛繁。可是生活不容許他長期苟安，最後他選擇遁於醉鄉，至於他在詩歌中所說的水鄉，看來並不具備條件，只是說說而已。

他有一首歸隱山村的詩，寫得十分適意，看來是受陶淵明《桃花源記》影響：

《山中問答》

問余何意（或作事）棲碧山，笑而不答心自閒。

桃花流水窅然去，別有天地非人間。

可能有朋友往山村探訪李白，見他過着山野農夫簡單的生活。

「太白兄，這樣的日子你慣嗎？」

李白笑而不答。這裏不就是陶淵明筆下的桃花源嗎？因為是世外，心中才有那份閒適和喜悅呀。

李白有一首「言志」詩，如果是老師出題目《我的志願》，學生像他這樣寫，老師一定不滿意，因為不夠積極也不夠上進。

《春日醉起言志》

處世若大夢，胡為勞其生？

所以終日醉，頹然臥前楹。

覺來眄庭前，一鳥花間鳴。

借問此何時？春風語流鶯。

感之欲歎息，對酒還自傾。

浩歌待明月，曲盡已忘情。

原來李白覺得人生只不過大夢一場，何必勞勞碌碌？倒不如喝醉了睡大覺，免得心煩。不過這次當他矇矓醒來時，聽到一陣清脆婉轉的叫聲。望出去庭園花間，有一隻鳥兒自顧自的唱着，不為什麼，只是自得其樂。這歌聲帶給李白一陣喜悅，覺得人生也可以這樣簡單，這樣自我怡悅。唉，何必讓憂愁籠罩心間，跟自己過不去呢！他怕這種帶着微醺的愉快感覺會消失，又為自己斟了一杯。隨即敲着酒壺唱起豪情的歌兒，等待月亮出來。當喉嚨嘶啞，歌也唱完，一顆心像經過洗滌，一片光風霽月。「噢，這正是我傾心的境界，今後要努力的方向。」

自從孔子發牢騷説：「道不行，乘桴浮於海。」歷代都有人跟着講。桴是小木筏，乘着它到大海去，老先生恐怕要像屈原了。

哪怕是到了宋朝，蘇東坡還跟着講：「小舟從此逝，江海寄餘生。」嚇得當地官員怕走失罪人，立即派人去找，發現他其實在家中睡覺。

李白也曾有類似的遁世打算，他有一首有名的《宣州謝朓樓餞別校書叔雲》：

棄我去者，昨日之日不可留。

亂我心者，今日之日多煩憂。

長風萬里送秋雁，對此可以酣高樓。

蓬萊文章建安骨，中間小謝又清發。

俱懷逸興壯思飛，欲上青天覽明月。(覽通攬)

抽刀斷水水更流，舉杯消愁愁更愁。

人生在世不稱意，明朝散髮弄扁舟。

這一年李白五十四歲，在安徽宣城謝朓樓餞別好朋友校書郎李雲。李白既感到時光飛逝，無力挽留，又為國家亂事頻仍看不到太平的前景心亂，好友又要離別，他是帶着鬱鬱的心情來的。

到了樓上，窗外天空遼闊，大雁列着隊形飛過。李白的心情轉好，滿滿斟酒跟好友餞行。

他說李華的文章有建安風格，自己的詩文像謝朓般不俗又有生氣。

三杯下肚，大家的興致愈來愈高，狂言說要飛上天空攬抱明月。可是詩人一下子又回到悲哀的現實，望向樓下滔滔東流的江水，就像奔流不絕的歲月，想用刀攔截也是徒然。一杯又一杯的烈酒融不掉形成塊壘的憂愁，堆塞在肺腑之間。怎樣能逃離這不稱意的人間世？等明天，讓我們披散頭髮，像野人那樣，找隻艇子，躲到煙波渺茫的深處。

李白的打算一樣是説説而已，古人能歸隱水上享受人生的，恐怕只有傳説中的范蠡和西施了。

關於李白之死，有一個醉後見水中月，躍下意圖攬之，因而溺斃的傳説。這倒符合他的特點：常在醉鄉，迷戀月亮。根據多種記載，李白應是在六十一歲時病逝於安徽當塗他族叔李陽冰家中。以他多年酗酒的紀錄，他的病很可能是喝酒的後遺症，既不浪漫，也無詩意。

要總結李白的一生，我覺得他的忠實粉絲杜甫，寫的《夢李白》後十句最能總結他一生：

江湖多風波，舟楫恐失墜。

出門搔白首，若負平生志。

冠蓋滿京華，斯人獨憔悴。

孰云網恢恢，將老身反累。

千秋萬歲名，寂寞身後事。

至今經1,300多年，讀李白者無數，國人最熟悉的一首詩也是他的作品。大人小孩，喜歡詩和不喜歡詩的，要他背一首唐詩，十居其九還是「牀前明月光」，從這點來看，李白是不寂寞的。

# 第二章

## 杜甫篇

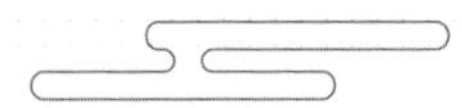

# 第 1 節　六歲到五十六

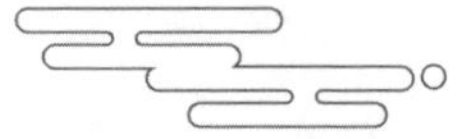

唐朝最偉大的兩個詩人，李白和杜甫，誰比誰更偉大？無意義的比較！你的左眼和右眼，哪個更重要？不過杜甫崇拜李白，比李白欣賞杜甫多。杜甫曾說：「當然李白勝於我！」這又顯示了杜甫的謙虛，顯示了他友情的真摯。近代有狂人說當代文壇寫得好的前三名都是他，只能博大家一笑。

每個人都有他童年的記憶，有的遲，有的早；有的多，有的少。杜甫寫在詩裏最早的記憶在六歲，唐玄宗開元五年，公元 717 年，正當歷史上的「開元盛世」。這記憶到他五十六歲時仍很鮮明。

那是一場表演，皇宮八千侍女中舞跳得最好的是姓公孫的那位。此日與民同樂，廣場上黑壓壓的都是人頭，大家屏息期待着。在一陣如轟雷般的鼓聲響過後，飛身而出的是一身戎裝的公孫女士，她這身裝束曾影響了時裝潮流，司空圖《劍器》詩說：「樓下公孫擅勝場，空教女子愛軍裝。」

她表演的叫「劍器舞」，杜甫憑記憶用了四個「如」字做比喻來形容。

爠如羿射九日落，矯如羣帝驂龍翔。

來如雷霆收震怒，罷如江海凝清光。

想一想這個神話中的天文現象，九個太陽從天上掉下，引起的滿天花雨，比如今的煙花更璀璨千百倍。想一想諸天帝神，各自乘着彩龍，穿梭飛翔，是怎樣的一個瑰麗光景。轟響如雷霆萬鈞的鼓聲迎來了表演者，到結束時江靜海寧晴光一片。

我懷疑表演的除公孫外還有一個陣容不小的伴舞隊伍，也有急鼓繁弦的樂隊伴奏，否則營造不起這樣的氣勢。

童年鮮明的記憶維持了五十年，開明盛世的明君在歌舞昇平之後迎來了安史之亂，一番折騰之後，亂雖平定，卻是民不聊生，哀鴻遍野，杜甫也度過了顛沛流離的艱辛歲月。

那一天，大曆二年十月十九日，公元 767 年，杜甫在夔州一個當官的叫元持的家裏，欣賞了一場似曾相識的劍器舞。舞者叫李十二娘，身手挺不凡的。問詢之下，原來是公孫的弟子。

這一聊就翻出了無窮感慨的往事，那時皇上在日理萬機之餘，還在宮中設立了教坊和梨園，皇上親自選樂工，親自教法曲，形成空前繁榮的藝術局面。一場安史之亂使這些都煙消雲散，班子散了，公孫死了，玄宗也已去世六年。他位於金粟山陵墓上的樹木，也長得那麼粗壯了。那個一片忠心的小臣杜甫，卻流落在這個草木蕭索的石城裏，在一場宴席之後，意外地重溫了當日的繁華，當曲終人散，寒月東上，一陣哀傷襲上他心頭，不知這雙長滿老繭的跛足，在如同荒涼山野的世間，該走向何處？剛才席間短暫的興奮，轉瞬被深深的哀愁浸沒。心潮起伏，寫成下面一首：

《觀公孫大娘弟子舞劍器行並序》（序略）

昔有佳人公孫氏，一舞劍器動四方。

觀者如山色沮喪，天地為之久低昂。

㸌如羿射九日落，矯如羣帝驂龍翔。

來如雷霆收震怒，罷如江海凝清光。

絳唇珠袖兩寂寞，晚有弟子傳芬芳。

臨穎美人在白帝，妙舞此曲神揚揚。

與余問答既有以，感時撫事增惋傷。

先帝侍女八千人，公孫劍器初第一。

五十年間似反掌，風塵澒洞昏王室。

梨園子弟散如煙，女樂餘姿映寒日。

金粟堆前木已拱，瞿塘石城草蕭瑟。

玳筵急管曲復終，樂極哀來月東出。

老夫不知其所往，足繭荒山轉愁疾。

# 第 2 節　醉眠秋共被

唐朝天寶四年，公元 745 年，李白已離開朝廷，閒居在家，時年四十五。比他小十一歲的杜甫探訪了他，文學史上兩顆巨星見面了，當然激起燦爛火花。他們把臂同遊，談詩論文，感情之篤，可以用杜甫兩句詩做代表：

**醉眠秋共被，攜手日同行。**

秋涼了，醉後同一條被子下睡覺；白天，兩人手拖着手一齊行走。這兩句詩來自一次探訪，難得的是兩人都有詩記述。

那是一個秋高氣爽的日子，萬里無雲，大雁在長空排着隊伍飛過。李白心中始終有一份排遣不了的抑鬱，忽然想起隱居在魯城北的朋友范十，他有一個充滿野趣的莊園，可供一遊，就約杜甫同往。李白帶路，騎馬到達荒城旁邊的壕溝時，荊棘叢生，竟迷了路。李白勉強撥開荊棘前行，馬兒卻困在一種叫蒼耳的灌木叢中。蒼耳的種子上

長有許多倒刺，記得我少年時行山，也常常黏得一身都是，我們叫這類靠人畜傳播的種子為「黐頭芒」，包括鬼針草和竊衣等等。

李白和杜甫幾經掙扎才從蒼耳中脫身，黏得一頭一身都是。終於找到去范十家的路，范十殷勤接待，幫他們清除身上的蒼耳，笑說幾乎認不出李白來了。招呼他們的僮僕都很有禮貌，奉上新鮮的蔬果，包括爽脆的秋梨，又有酸棗和寒瓜，都是地裏種的。酒不可少，都是家醅。喝了幾杯，李白高歌一首儲光羲的《猛虎詞》：

高雲逐氣浮，厚地隨聲震，君能賈餘勇，日夕長相親。

他們又背誦起屈原的《橘頌》來：

……嗟爾幼志，有以異兮。

獨立不遷，豈不可喜兮？

深固難徙，廓其無求兮。

蘇世獨立，橫而不流兮。

閉心自慎，終不失過兮。

秉德無私，參天地兮。……

有獨立不改變的人格，怎不值得歡喜呢！無求名利，不隨波逐流，謹慎保守潔白心靈，不犯過失，這些都引起他們的共鳴。

莊園的景觀不錯，夕陽下聽到搗衣的聲音，又見到雲層下荒涼的古城。在這樣的環境裏，杜甫對做官這類的事都淡然了，心裏想着孔老先生的一句話：道不行，乘桴浮於海。

這次探訪，李白寫的詩是《尋魯城北范居士失道落蒼耳中見范置酒摘蒼耳》（置酒是官名），杜甫寫的是《與李十二白同尋范十隱居》，下面是杜甫的一首：

李侯有佳句，往往似陰鏗。

余亦東蒙客，憐君如弟兄。

醉眠秋共被，携手日同行。

更想幽期處，還尋北郭生。

入門高興發，侍立小童清。

落景聞寒杵，屯雲對古城。

向來吟橘頌，誰欲討蓴羹。

不願論簪笏，悠悠滄海情。

# 第 3 節　故人入夢

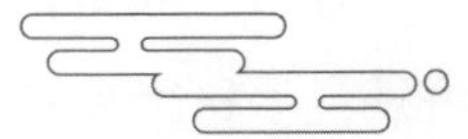

李十二，連續三晚我都夢見你了。從夜郎那麼遠的地方，你來一趟可不容易啊！還一連三夜，你來了又去，去了又來。

那是一處瘴癘嚴重的地方，多少人去了就不見回來。自從知道你去後，我就盡力打探你的消息，卻沒有人知道，使我心裏充滿不祥的感覺。

可是我在夢中一次又一次的看見你了，你知道我是如此的憶念你吧？我知你身在羅網之中，沒有人身自由。你沒有翅膀，這麼遠的路是怎麼來的呢？你來的時候要經過密密的叢林，你回去的時候，要越過重重的關卡。路是這麼暗黑，水中又有浪濤。陸上有虎豹，水裏有蛟龍，你要小心保重！

我們相見時，心裏有無數的話，卻不知如何傾訴。到你要走的時候，你總是說，來一趟不容易啊，尤其在江河之上，那風浪中的破船，隨時會有意外發生。

我看着你走時搔着稀疏的白髮，一聲長長的歎息，像是慨歎一生抱負未能實現。京城裏冠蓋雲集，一個天才卻被遺棄，憔悴地飄泊在蠻荒之地。誰說上天有眼？讓你在快將老去時受此劫難。我知道你的作品將獲得千秋萬歲的盛名，可是，在你離開這個世界之前，卻要面對無邊的寂寞。

當我從夢中醒來，西沉的月，留下一室清光，你的影子恍惚還在，我要搓揉我的眼睛。

*　　*　　*

乾元元年，公元 758 年，李白被流放夜郎，翌年遇赦放還。遠在北方的杜甫不知道他遇赦，由於擔心好友的命運，連續三個晚上都夢見他，跟着寫了兩首《夢李白》，那關切之情、不平之意、推崇之誠，都十分感人。下面是《夢李白》二首：

其一

死別已吞聲，生別常惻惻。

江南瘴癘地，逐客無消息。

故人入我夢，明我長相憶。

恐非平生魂，路遠不可測。

魂來楓葉青，魂返關塞黑。

君今在羅網，何以有羽翼？

落月滿屋樑，猶疑照顏色。

水深波浪闊，無使蛟龍得。

其二

浮雲終日行，遊子久不至。

三夜頻夢君，情親見君意。

告歸常侷促，苦道來不易。

江湖多風波，舟楫恐失墜。

出門搔白首，若負平生志。

冠蓋滿京華，斯人獨憔悴。

孰云網恢恢，將老身反累。

千秋萬歲名，寂寞身後事。

## 第 4 節　反戰名篇

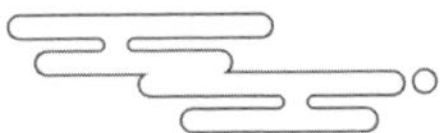

唐天寶 11 年，公元 752 年，杜甫四十一歲。那年他從長安回洛陽，中途要經過咸陽橋，這是一條人馬必經的大路。他還未到，先聽到戰馬嘶叫，跟着是車軸滾動，而愈行愈近，聽到的是蓋過一切的哭聲。

當他走近時，見到的是一個人馬雜沓亂成一片的場景。一列並不整齊的隊伍，年齡不一的士兵，穿着不合身的軍裝，腰間佩帶着弓箭，但幾乎每一個都被他們的家人圍繞。家人有的白髮蒼蒼，有的還是拖着鼻涕的小孩。他們好像要説的話都説完了，滿腔的悲痛只靠哭來表達。他們牽扯着出征者的衣服，頓着腳，悲苦的哭聲匯成一片，衝上半天，又反彈回地面。

這究竟是怎麼一回事？杜甫站了一會兒，見其中一個中年漢子無人相送，就上前向他打聽，想不到引起他一大番話來：

又要抓人到邊疆去啦！我十五歲就被送去北邊防守河西，那時連頭巾都不會裹，要里正幫我。到四十歲頭髮已經白了，還要到西邊去為軍旅囤田預備糧食。

邊疆戰事中死人無數，血流如海水，可是皇帝老兒征伐的心還是不滿足。咱們山東二百個州縣，田裏都長滿荊棘。家裏的男人都出征去了，女人們到田裏去總不是那回事，農作物長得亂七八糟。

我們關中軍是吃得苦打得仗的，於是像雞狗一樣調到這裏調到那裏！

漢子說到這裏長歎一聲，說他牢騷太多了，卻忍不住繼續說下去：就像今年冬天，關西的士兵仍在打仗，家鄉的縣官已經在催繳租稅，吃都沒得吃，你說拿什麼來繳納呢？

杜甫聽到這裏，心情很沉重。他記得這漢子說的一句話：現在的人家寧願生女孩，覺得要比生男孩好。生個女的嫁給鄰家，還可時常相見；生個男的說不定幾時成為邊疆冤魂，跟野草一同腐爛。

詩人見了、聽了這番情景，忍不住帶淚控訴：各位，你們可見到在荒漠的青海頭，長遠以來暴露的白骨一直無人收拾，新鬼在訴冤舊鬼在哭，一到陰雨天氣，那啾啾的哀鳴聲聽得人心寒。

杜甫這篇《兵車行》對時局提出強烈控訴，雖然字面上用了「武皇」、「漢家」，但人人知道他批評的是「明皇」、「唐朝」，反對的是好戰虐民的苛政，可見詩人的勇氣，同時也見到那時的言論自由還比我們現代高。下面是《兵車行》原詩：

車轔轔，馬蕭蕭，行人弓箭各在腰。

爺娘妻子走相送，塵埃不見咸陽橋。

牽衣頓足攔道哭，哭聲直上干雲霄。

道旁過者問行人，行人但云點行頻。

或從十五北防河，便至四十西營田。

去時里正與裹頭，歸來頭白還戍邊。

邊庭流血成海水，武皇開邊意未已。

君不聞，

漢家山東二百州，千村萬落生荊杞。

縱有健婦把鋤犁，禾生隴畝無東西。

況復秦兵耐苦戰，被驅不異犬與雞。

長者雖有問，役夫敢申恨？

且如今年冬，未休關西卒。

縣官急索租，租稅從何出？

信知生男惡，反是生女好。

生女猶得嫁比鄰，生男埋沒隨百草。

君不見，青海頭，古來白骨無人收。

新鬼煩冤舊鬼哭，天陰雨濕聲啾啾。

爺娘妻子走相送，塵埃不見咸陽橋。

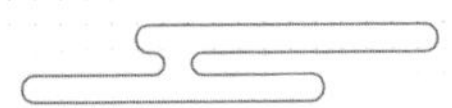

# 第 5 節　詩史杜甫

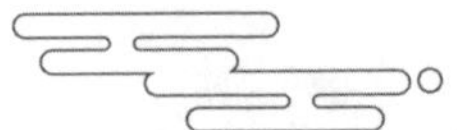

唐肅宗乾元二年（公元 759 年），杜甫四十八歲，得了一個華州司空參軍的職務，由洛陽返任所，路經潼關一帶。當時唐王朝在與安史之亂的戰爭中，剛在鄴城吃了個大敗仗，要從各地強行徵兵送往前線。杜甫親見慘況，寫了一組六首補歷史不足的史詩，被簡稱為「三吏」、「三別」的《新安吏》、《潼關吏》、《石壕吏》、《新婚別》、《垂老別》、《無家別》，是杜甫作品中的亮點，這裏各舉一首為例。

## 石壕吏

這天天色已晚，我在石壕村一家小旅店投宿。剛睡不久，聽到喧鬧的狗吠聲，有人在隔鄰拍門。我從窗戶望出去，見幾個人打着縣府衙門的燈籠，正在吆喝。一個黑影從屋旁牆頭上跳下，隱沒在黑暗中。

門開了，應門的是一個老婦人。

「你家老闆呢？」帶頭的官兒問。

「出去借糧了，沒得吃！」

「家裏還有什麼人？」

「沒有啦！我三兒子去了守鄴城，大兒子剛來信，說老二打死啦！家裏只剩下我幼孫。」

「你媳婦呢？」

「她要幫孩子餵奶，而且，而且連一條完整的裙子也沒有，出不了門……這樣吧，就讓我跟你走吧，老太婆雖然沒氣力，幫着弄早餐還是可以的。」

老太婆進去收拾衣物，我聽到屋裏傳出哭聲，有大人也有小孩。老太婆拎着一個小包袱跟公差走了。街上恢復寂靜，連狗也不叫了。

第二天一早我要上路了，老頭子在屋裏向我揮手。

下面是《石壕吏》的原詩：

暮投石壕村，有吏夜捉人。老翁逾牆走，老婦出門看。

吏呼一何怒，婦啼一何苦。聽婦前致詞，三男鄴城戍。

一男附書至，二男新戰死。存者且偷生，死者長已矣。

室中更無人，惟有乳下孫。有孫母未去，出入無完裙。

老嫗力雖衰，請從吏夜歸。急應河陽役，猶得備晨炊。

夜久語聲絕，如聞泣幽咽。天明登前途，獨與老翁別。

## 無家別

我退役回家，打了敗仗，幸運地沒有陣亡。

記得那天初回家鄉，巷子裏空空的，殘垣敗瓦的庭院中長滿荊棘。這裏本來有百多戶人家，如今都到哪裏去了？聽到我的腳步聲，竄出幾隻野狐和黃鼠狼，對我豎起身上的毛，呲牙咧嘴。

終於找到我的舊家了，鄰家居然還住着兩個老太婆，老眼昏花，耳朵也不好。我母親死去五年了，常在病中掛念着她的兒子，在寂寞孤獨中離去。

我整理屋子，修補瓦頂和門窗，準備過下半生安閒日子。春天到了，我荷着鋤頭到田裏去，黃昏時到菜田去灑水。農作物不欺我，每一分勞力都有回報。

那天我從田裏回家，見有衙門的人等着。那官兒對我說：你要復役了。他們的消息可真靈通。那官兒知我不高

興，安慰道：「不遠，就在本郡。」唉！一旦入了伍，便失自由身。他日何處去，無人能保證。幸而我孤身一人，無人會為我擔心，我也不用擔心他人。我去後，留下的只是屋子，不是家。

明天我就要走了，難料還能不能回來。別矣，我不是家的家！

下面是杜甫的原詩：

寂寞天寶後，園廬但蒿藜。我里百餘家，世亂各東西。

存者無消息，死者為塵泥。賤子因陣敗，歸來尋舊蹊。

久行見空巷，日瘦氣慘悽，但對狐與狸，豎毛怒我啼。

四鄰何所有？一二老寡妻。宿鳥戀本枝，安辭且窮棲。

方春獨荷鋤，日暮還灌畦。縣吏知我至，召令習鼓鞞。

雖從本州役，內顧無所攜。近行止一身，遠去終轉迷。

家鄉既蕩盡，遠近理亦齊。永痛長病母，五年委溝溪。

生我不得力，終身兩酸嘶。人生無家別，何以為蒸黎？

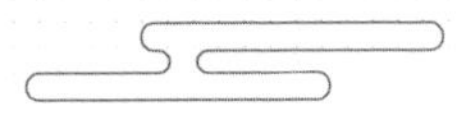

# 第 6 節　杜甫回家

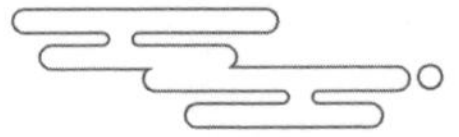

唐肅宗至德二年（公元 757 年），杜甫四十六歲。這一年他官居左拾遺，是一個言官，負責進諫國君缺失。房琯被罷免相位，杜甫上書救援，觸怒了皇帝，被遣返鄜州羌村探望家人。意思是朕不想見到你，你返鄉下探老婆仔女啦！

這次回鄉之行，杜甫在《羌村三首》和《北征》中都有記述，是杜甫少有的描述家庭成員的篇章。把兩篇合併介紹，可見當時情況。

杜甫長途跋涉回到羌村時，夕陽西落，西方滿是紅霞。鳥兒歸巢了，一片聒噪。敲門後，等了好一會，開門的是一個穿得破破爛爛的女人，他不時想念的女人。她似乎一時想不到是他，待認出時，眼淚就簌簌的流出來了，跟着嗚嗚的哭起來，哭聲混和在外面的松濤和屋旁的流泉聲裏。

三個孩子羞怯怯的躲在母親身後，像看着一個陌生人。

遠方來客驚動了鄰居，矮牆外都是看熱鬧的人頭。

回到屋裏，杜甫細看三個孩子。兒子臉色蒼白，血色不夠，臉上手上都是污垢，腳上沒有穿襪，背對着人，不知哭些什麼。兩個小女兒穿的是舊衣改縫的衣裳，那圖案七顛八倒，又短又小。

杜甫把帶回來的東西拿出來送給大家，有一些布料，有一些食物，也有一些胭脂粉黛。憔悴的妻子展現了笑容，孩子們把一切都當成玩具。

好不容易把孩子們安排上牀睡了，換了乾淨衣服，把燭芯剪了，在搖曳的燈影下，杜甫記起了自己的兩句詩：何時倚虛幌，雙照淚痕乾？而他現在的感覺像是在做夢一般，害怕隨時會醒。

第二天妻子洗臉時就試用杜甫帶回來的胭脂粉黛，滿臉幸福的樣子。不過臉色搽得太紅了，有點像舞台上的花旦。不過她對着鏡子照了一番之後，還是把臉洗了。杜甫問她怎麼了？她說：我怕人笑！

兩個女兒學着母親塗唇畫眉，弄得像花面貓，杜甫看着她們，心中充滿柔情，覺得長時間虧欠了她們。兒子卻不再陌生了，坐在他膝上問這問那，問得最多的是：爺，你不會走的，噢？說着說着還扯着他的鬍子來玩。杜甫本來有點不耐，但想起自己身陷賊巢時是多麼想念他們，也就把心情放鬆，享受這天倫之樂了。

妻子跟他談起家常，說今年田裏收成會好，還有糧食可以造酒。如果他不再回朝廷去，一家人可以在鄉下過得很開心。

這天村裏幾個老朋友知他回來，各自帶了酒來看杜甫，說都是自己釀的，不要嫌酒味不夠。大家問起杜甫別後情況，杜甫講述所見所聞，擔憂戰爭仍未止歇，出征的孩子未能回家。父老們也說田地荒蕪，無人耕種，度日艱難。說着說着，杜甫激情澎湃，高聲吟唱起自己的詩來。他唱所見民生的疾苦，他唱朝廷的昏昧不明，他唱個人壯志難酬，他唱對家人和鄉親的思念，唱到聲音嘶啞，結束是一聲沉痛的長歎，幾個老朋友一同以袖拭淚。

四座無言，只聽到屋旁的流泉在嗚咽。

杜甫原詩：

《羌村三首》

崢嶸赤雲西，日腳下平地。

柴門鳥雀噪，歸客千里至。

妻孥怪我在，驚定還拭淚。

世亂遭飄蕩，生還偶然遂！

鄰人滿牆頭，感歎亦歔欷。

夜闌更秉燭，相對如夢寐。

晚歲迫偷生，還家少歡趣。

嬌兒不離膝，畏我復卻去。

憶昔好追涼，故繞池邊樹。

蕭蕭北風勁，撫事煎百慮。

賴知禾黍收，已覺糟牀注。

如今足斟酌，且用慰遲暮。

羣雞正亂叫，客至雞鬥爭。

驅雞上樹木，始聞叩柴荊。

父老四五人，問我久遠行。

經年至茅屋，妻子衣百結。

手中各有攜，傾榼濁復清。

莫辭酒味薄，黍地無人耕。

兵戈既未息，兒童盡東征。

請為父老歌，艱難愧深情。

歌罷仰天歎，四座淚縱橫。

《北征》(節錄)

沉我墮胡塵，及歸盡華髮。經年至茅屋，妻子衣百結。

慟哭松聲回，悲泉共幽咽。平生所嬌兒，顏色白勝雪。

見爺背面啼，垢膩腳不襪。牀前兩小女，補綻才過膝。

海圖坼波濤，舊繡移曲折。天吳及紫鳳，顛倒在裋褐。

老夫情懷惡，嘔泄臥數日。那無囊中帛，救汝寒凜慄。

粉黛亦解包，衾裯稍羅列。瘦妻面復光，癡女頭自櫛。

學母無不為，曉妝隨手抹。移時施朱鉛，狼藉畫眉闊。

生還對童稚，似欲忘飢渴。問事競挽鬚，誰能即嗔喝。

翻思在賊愁，甘受雜亂聒。新歸且慰意，生理焉能說。

# 第 7 節　用詩寫的信

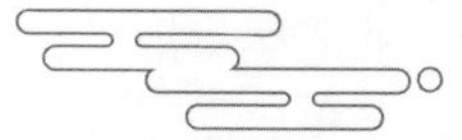

唐大曆二年（公元 767 年），杜甫五十六歲，是他漂泊到四川夔府，住在瀼西的一座草堂裏。草堂前有幾棵棗樹，長了不少果子。風大的時候有棗子掉下來，杜甫試過，脆，但味淡。他也會拾幾顆洗乾淨了，用小碟裝着放案頭，無聊時嘗嘗。

有一天他看見一個婦人，拿着一根竹竿，到堂前打棗，棗子掉在地上，她把它們拾起，放進帶來的籃子裏帶走。

杜甫見她衣着貧寒，對這種不值錢的果子也有興趣，猜想她的日子一定過得不寬裕。就故意留在家裏不出去，怕她心有戒懼。

草堂是朋友借給杜甫暫住，或許這婦人曾獲得朋友允許。有一次杜甫見到這位朋友時，偶然談起這件事。朋友說他知道這婦人無兒無女孤身一人，靠好心人救濟，有時連吃的也沒有，就打些棗子充饑，所以他從不干涉她前來打棗，碰見還親切地跟她打招呼。

後來杜甫搬去另一處居住，草堂由一位姓吳的朋友續住。杜甫回去取物時，姓吳的朋友不在，卻見堂前插了矮矮的籬笆，雖然仍然可以走進園子，卻有「私人地方，請勿擅進」的意思。

杜甫看看地下，也沒有打棗留下的樹葉。他覺得不安，回家寫了一封信給這位吳郎，信是用詩的形式寫的，十分婉轉，既為婦人說情，也不想吳郎難堪。信中說：

吳郎，堂前的棗樹我是任由那位婦人來打棗的，她沒有兒女，窮得有一頓沒一頓，靠棗子充飢。如果不是日子艱難，她怎會這樣做呢？就因為她心裏害怕，所以我對她格外親善，見面會跟她聊聊。雖然她對你心存提防，有點過慮，但新插的籬笆卻是真確的現實。吳郎呀，在官家無休止的需索下，多少百姓已窮到見骨，而戰爭不停，稅收用在征伐上想起來就使人心酸。我們與其跟一個貧窮婦人計較，不如多為國家事操心。

杜甫的原詩是《又呈吳郎》：

堂前撲棗任西鄰，無食無兒一婦人。

不為困窮寧有此？只緣恐懼轉須親。

即防遠客雖多事，便插疏籬卻甚真。

已訴徵求貧到骨，正思戎馬淚盈巾。

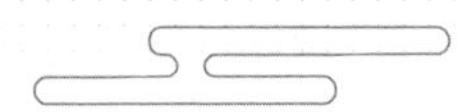

# 第 8 節　友情杜甫

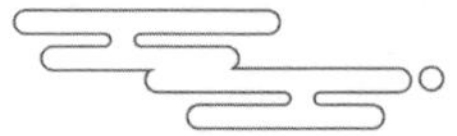

杜甫最要好的朋友該是李白，兩人曾「醉眠秋共被，攜手日同行。」但他還有其他許多朋友見於詩中，都是情深眷眷。如《客至》中的崔明府，杜甫為他的來訪「蓬門今始為君開」。我覺得寫得最好的一篇該是《贈衞八處士》。衞八不知何許人也，杜甫跟他久違二十年後再次探訪，這一年詩人四十八歲，把相見的情況寫得千多年後仍如在目前。

「有多少年沒見啦？」

「那是開元廿七年，整整二十年了。」

「時間過得真快，好像一瞬間。」

「可是大家的頭髮都白了！」

「牙齒也掉了不少。」

「那時你還沒有結婚，現在有幾個孩子啦？」

「剛好半打……來，孩子們來叩見杜伯伯！」

「杜伯伯好！」

「杜伯伯您從哪裏來的？」

「好啦，老大你去田裏割韭菜，老二你去酒窖裏把最好那瓶拿上來。」

「來，咱們乾上一杯！」

「這黃粱飯倒是很香的。」

「別嫌粗糙，自家種的，新收成。」

「可有老朋友們的消息？」

「張三前年不在了，李四上年底也病逝。」

「是嗎？人生多麼無常！」

「『何以解憂？唯有杜康！』來，再乾！」

「這酒真好！再乾！」

「這世代要見一次不容易啊！會多留幾天嗎？」

「車船都僱好了，明天要上路啦！」

「從此一別，山長水遠，難卜後期，要多多珍重啊！來，為我們這次的重逢再乾一杯！」

杜甫《贈衞八處士》原篇：

人生不相見，動如參與商。今夕復何夕，共此燈燭光！
少壯能幾時？鬢髮各已蒼！訪舊半為鬼，驚呼熱中腸。
焉知二十載，重上君子堂。昔別君未婚，兒女忽成行。
怡然敬父執，問我來何方？問答乃未已，驅兒羅酒漿。
夜雨剪春韭，新炊間黃粱。主稱會面難，一舉累十觴。
十觴亦不醉，感子故意長。明日隔山嶽，世事兩茫茫。

# 第 9 節　憂喜杜甫

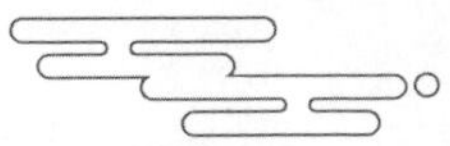

杜甫大半生在顛沛流離、貧窮拮据中度過。四十四歲從外回家，才知道幼子餓死。四十九歲在朋友資助下搭建了一間茅屋，卻遇上大風，揭去茅草屋頂。跟着是秋雨淋漓，「牀頭屋漏無乾處」，而「布衾多年冷似鐵」，冷得「兩腳如麻未斷絕」。五十歲那年寫了一首《百憂集行》，回憶少年時精力旺盛，一日能上樹千回採摘果子，轉眼五十歲精力衰竭，卻是四壁空空，百憂交集。不過調子並不悲悽，還有點自嘲的意思：

憶年十五心尚孩，健如黃犢走復來。

庭前八月梨棗熟，一日上樹能千回。

即今倏忽已五十，坐臥只多少行立。

強將笑語供主人，悲見生涯百憂集。

入門依舊四壁空，老妻睹我顏色同。

癡兒不知父子禮，叫怒索飯啼門東。

那麼杜甫有沒有開心的日子呢？也是有的。浣花溪畔的茅屋雖然漏水，總是一個閒適的棲身之所。有閒情欣賞雀鳥，妻兒下棋、釣魚自得其樂，且看《江村》：

清江一曲抱村流，長夏江村事事幽。

自去自來樑上燕，相親相近水中鷗。

老妻畫紙為棋局，稚子敲針作釣鉤。

但有故人供祿米，微軀此外更何求？

但有志有能如杜甫，卻要靠朋友賙濟度日，其實是暗藏的悲哀。

杜甫五十三歲那年，安史之亂平，故人嚴武還鎮成都，杜甫也回到成都草堂，對着生氣勃勃的春天景色，他心情極佳，寫了多首絕句，其中一首特別惹人喜歡：

兩個黃鸝鳴翠柳，一行白鷺上青天。

窗含西嶺千秋雪，門泊東吳萬里船。(《絕句》)

二十八個字，兩個對句。顏色有黃、翠、白、青，物件有鸝、柳、鷺、窗、雪、門、船，數目有兩、一、千、萬，動詞有鳴、上、含、泊，用來做識字卡也是夠豐

富的。而一句一畫面，組成了中國的四屏畫作，帶來輕快愉悦的感覺。細看感情蘊含在最後一句，既有東吳之船停泊，將可「青春作伴好還鄉」了。

説到杜甫最快樂的一首詩，要推《聞官軍收河南河北》，當時是唐代宗廣德元年（公元 763 年），杜甫五十二歲，聽聞叛亂已平的捷報，滿心都是快將奔回老家的喜悦。詩中有四處地域：巴峽、巫峽、襄陽、洛陽，距離遙遠，但詩人馳騁想像，「即從」「穿」「便下」「向」，像是轉瞬即至，其調子不單是歡快的「快」，也是快速的「快」：

劍外忽傳收薊北，初聞涕淚滿衣裳。

卻看妻子愁何在，漫卷詩書喜欲狂。

白日放歌須縱酒，青春作伴好還鄉。

即從巴峽穿巫峽，便下襄陽向洛陽。

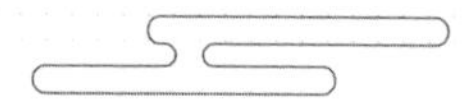

# 第 10 節　飄飄何所似

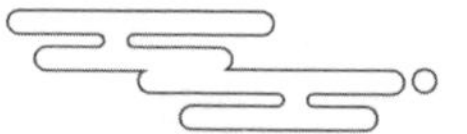

杜甫在世 58 載（公元 712 至 770 年），留下詩作約 1,500 首，影響深遠。我在想：哪一首最能代表他的一生呢？

我覺得《旅夜書懷》是最接近的一首。

杜甫五十四歲那年，帶同家人離開成都草堂，乘船東下，在岷江、長江一帶飄泊，某個星夜，船停在一處曠野的江邊，涼風微微，可以看到岸上細草輕輕擺動。四周沒有其他船隻，高高的桅杆倒映水中，隨波浪變化着線條。

滿天繁星垂得很低，好像在平曠的田野上走過去舉手可摘。月亮在江中隨滔滔流水湧動，江水去了，月兒仍在。宇宙是如此茫無涯際，每個孤獨者都感到自己的渺小。

杜甫想：這一生總算有點詩名，其實技巧算什麼？能為黎民百姓訴苦申冤才是我寫詩的心願所在。也算在官場

呆過，卻很快知道自己不是材料。如今又老又病，當然應該退休了。

想到這裏，杜甫望着深邃的夜空長長歎了一口氣：「我這一生算是什麼？未來的日子我將往何方去？」

這時月色下飛過一隻沙鷗，長長的翅膀投射的影子在船上掠過。杜甫心有所動，吟道：「飄飄何所似？天地一沙鷗。」

杜甫的《旅夜書懷》：

細草微風岸，危檣獨夜舟。

星垂平野闊，月湧大江流。

名豈文章著？官應老病休。

飄飄何所似？天地一沙鷗。

# 第三章

## 白居易篇

# 第 1 節　居易易居

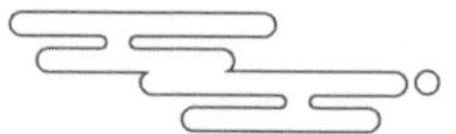

唐貞元三年，公元 787 年，白居易十六歲，遊歷蘇杭後到了京城長安。他正在準備應考，行囊中有一些習作。在別人的引見下去見著作郎顧況。著作郎是負責撰寫歷史的官，但顧況更喜歡人家稱他詩人。

顧況見這個少年瘦瘦小小，看人瞇着眼睛，分明是個只會讀書的呆子，便笑着問他的名字。

「哈哈，白居易！這裏是長安，百物騰貴，尤其是房價，寸金尺土，不是一般人負擔得起！居易居易，談何容易！不過小弟弟，聽説你會作詩，拿些功課給我看看。」

白居易恭敬地把自己的習作呈上。第一篇就是《賦得古原草送別》，「賦得」表示是應試的習作，以「古原草」為題寫送別詩。

顧況看了一遍就從頭吟詠了出來：

離離原上草，一歲一枯榮。

野火燒不盡，春風吹又生。

遠芳侵古道，晴翠接荒城。

又送王孫去，萋萋滿別情。

「『野火燒不盡，春風吹又生。』有意思，也對得自然！」顧況搖着頭再誦了幾次，跟着說：「之前我是跟你開玩笑的，寫得出這樣的詩，在長安居又何難！」

古人筆記記載此事之後說，顧況因此大力推薦這個小天才，讓他很快就有了名聲。我想像當時可能還有下文。

「小兄弟，你可曾讀過老夫的詩？」

「當然拜讀過。」白居易隨即吟出幾句：

囝生閩方，閩吏得之，乃絕其陽。

為臧為獲，致金滿屋。

為髡為鉗，如視草木。

天道無知，我罹其毒。

神道無知，彼受其福。……

這是顧況譴責無良官吏摧殘兒童身體，把他們閹割了當奴隸販賣的一首詩，題目是《囝》，臧、獲是奴隸的別稱，髡、鉗是奴隸的標誌。反映了顧況對這種殘酷行為的憤慨，也説明詩歌可以作為一種武器，向不義挑戰。這正是白居易他日所走的創作路。

「小兄弟，你覺得怎麼樣？」

「顧老師，文章合為時而著，歌詩合為事而作，針貶時弊，為生民鳴不平，正是我們文人的責任。老師，我要向你這種精神學習。」

「孺子可教也！」顧況開心地點頭，吩咐廚房加菜，要跟這年輕才俊喝一杯。

# 第 2 節　古劍

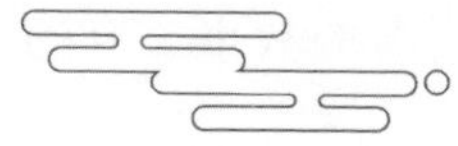

聽說李都尉家中藏有一把古劍，從不輕易示人。

在一次宴會上，白居易朗誦了新寫的一首詩，李都尉擊節相和。宴會完，都尉悄悄對他說：「過幾天請你來舍下看一樣東西。」

過了幾天白居易應邀前往，李都尉備了酒菜在內室招待。他對兵器中的劍器看來很有研究，滔滔的說了起來。

「越王勾踐尋得國內最頂尖的鑄劍師，用白牛白馬祭祀了昆吾山神，用黃金等金屬做材料鑄造了八把劍。第一把叫掩日，用它指向太陽，光亮的白晝會變暗。第二把叫斷水，用它來劃水，水就分開，不會再相合。第三把叫轉魄，拿它指向月亮，月亮裏的玉兔會為之倒轉。第四把叫懸剪，掛在半空，飛鳥經過，身體像被剪刀剪斷。第五把叫驚鯢，携帶它在海上航行，那些鯨鯢一類大魚都潛入海底。第六把叫滅魂，帶着它走夜路，鬼魂不敢出現。第七把叫卻邪，妖魔見到它都害怕。第八把叫真剛，切玉斷金，削鐵如泥。」

白居易問這八把寶劍都到哪裏去了？李都尉說，這些神器自有靈性，不容俗世亂用，它們各有各的故事，有的稍現鱗爪，有的要待將來光芒才再現人間。

「《搜神記》上有一段記載，說的是一對寶劍的故事。」

「你說的是干將、莫邪？」

「你也看過？」

「看過，太刺激了！出乎想像之外。」

「干將、莫邪這樣具異能的夫婦鑄劍師，幾代不會出一個。」

「明知楚王會殺他，干將留下後着。兩劍只送上一把，留一把讓兒子替自己復仇。」

「干將的兒子眉間尺，知道憑自己的身分近不了楚王。當一位陌生客願意幫他完成願望時，他二話不說，獻上寶劍和自己的頭。」

「多麼的信任，多麼的堅決！」

「為達目的，輕於生死。」

「陌生客不負所託，那最後一段看得人血脈賁張！」

「陌生客向楚王獻上眉間尺的頭，楚王大喜！陌生人說留下這頭也有後患，最好把他煮爛。」

「這一煮就是三天三夜！」

「還是煮不爛！」

「復仇的意志鐵一般。」

「陌生客叫楚王去看，楚王見鑊中人頭怒目看他，還躍高想噬他。他向後一讓，感覺頸際一寒，他的頭已掉進鑊中。陌生人冷笑一聲，把手上滴血的劍揮向自己頭頸，沸水中三個頭顱互相噬咬，不久沸騰的滾水中剩下三顆髑髏，分不清誰是誰，只能合葬，稱為三王墓。」

白居易說：「真是驚心動魄！」

李都尉說：「這兩把劍還有下文。」

白居易說：「說來聽聽。」

「到了晉朝，司空張華發現星空斗宿和牛宿之間有紫氣，求教於道術之士雷煥。雷煥說是寶劍之氣，應該發自豐城，張華就派他去豐城做縣令。雷煥到任後，發掘一處監獄，入地四丈後找到一個石盒：內有寶劍兩把。」

「雷煥把其中一把劍獻給張華，張華細看劍上文字，知道其實劍有兩把，一把是干將，一把是莫邪，問為何只獻一把？雷煥還未回答，張華已在政爭中被殺，寶劍干將不知去向。不久雷煥也逝世，莫邪到了他兒子手上。有一天，他兒子經過一條叫延平津的大河，腰間寶劍突然躍進水裏。連忙找人打撈，卻見『光彩照水，波浪驚沸』(《晉書》語)，兩條幾丈長的巨龍從江中躍出，飛上天去。」

白居易說：李白曾經為這兩把劍寫過一首《古風之十六》，於是兩人一同背誦起來：

寶劍雙蛟龍，雪花照芙蓉。

精光射天地，雷騰不可沖。

一去別金匣，飛沉失相從。

風胡滅已久，所以潛其鋒。

吳水深萬丈，楚山邈千重。

雌雄終不隔，神物會當逢。

風胡是有名的相劍專家，後繼無人。

白居易說：「聽說李都尉對劍器極有研究，是當代風胡。」

「居易兄，豈敢！豈敢！研究說不上，今天邀您來，就是想給您看一樣東西。」

李都尉慎而重之的從一處暗格捧出一個木盒，再從木盒中端出一個玉盒。

這時李都尉把所有窗簾拉上，室內暗黑無光。都尉打開玉盒，但見一段碧玉色的幽光，散發着寒氣，靜靜躺在那裏。

白居易看了，不禁屏息。

兩人靜靜看了許久，李都尉才小心地關上玉盒，放進木盒，置回原處，把窗簾拉開。

「此劍乃一異人所贈，他給我的兩個字是『慎用』，像我們做人處世一樣，生命和心機要用在有價值處。」

「都尉，居易受教了。」

第二天他向李都尉呈上一首《李都尉古劍》：

古劍寒黯黯，鑄來幾千秋。白光納日月，紫氣排斗牛。

有客借一觀，愛之不敢求。湛然玉匣中，秋水澄不流。

至寶有本性，精剛無與儔。可使寸寸折，不能繞指柔。

願快直士心，將斷佞臣頭。不願報小怨，夜半刺私仇。

勸君慎所用，無作神兵羞。

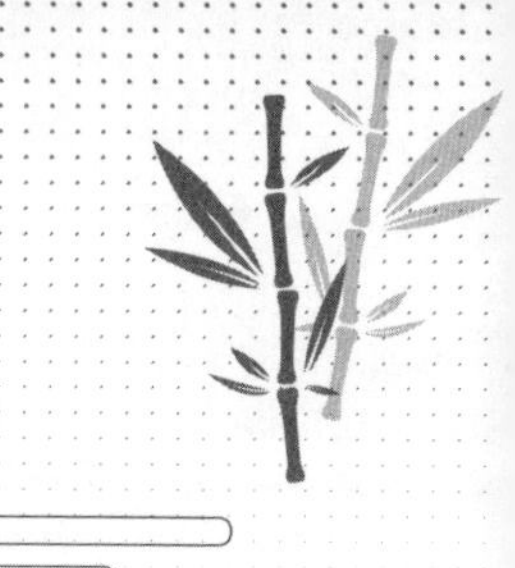

# 第 3 節　賣炭翁

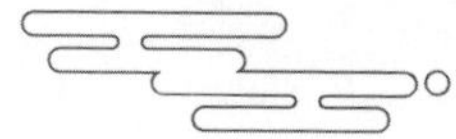

一個嚴寒的冬日，長安城雪深一尺。

城南市集的中午，雜沓的販賣者和採購者，把地上踩得一片泥濘。

一個困乏的老頭子伴着一頭困乏的牛，歇息在一輛滿裝木炭的大車旁，等待有人光顧。他明顯穿得不夠，陽光下仍索索發抖。

老頭子滿面塵灰，頭髮和鬍子都有被火熏焦的痕跡。十隻手指像十顆炭球，一些裂口還在滲血。

「大叔，吃過了？」

「沒呢！等炭賣了再吃。」

「這炭看上去好燒噢，自家燒的？」

「都是揀好木材燒的，一家老小，吃的穿的都靠它了。」

「住得遠嗎？」

「不近！千多斤拉過來要兩個時辰，辛苦牠了！」老頭子拍拍身旁的黃牛。

一陣北風吹過，老頭子兩手抱緊身子。

「今天真冷！」

「冷好，炭可以賣個好價……不說了，阿黃，咱們走！」

老頭子恐懼地望向城門入口處，兩騎馬正向這邊走來。一騎馬上穿的是黃衣，身分清楚，是宮中太監；另一騎上穿白衫，是他的隨從。傳聞告訴老頭子，見到這樣的人要遠避。

手忙腳亂的讓阿黃揹上車槓，兩匹馬已到身邊。

「老頭子，想去哪？這車炭宮裏要了！」

「我……我是來送貨的，炭已經有人要了。」

「瞧，這是文書，誰敢跟宮裏爭就讓他坐大牢！」

「老爺，求你放過我吧！我們一家未來的日子全靠它了。」

「又不是白要你！嗱，拿着！」

「不，不要！」老頭子見是半匹紅紗、一丈白綾，既不能穿也不能吃，忙搖手。

「要不要到你說！」那穿白衣的把綾和紗掛在牛角上。

「跟着來！送到宮裏去！」

「求求兩位大人放過小民！我辛苦整年就得這些，一家老小靠它活命！」老頭子哀哭着跪下叩頭。

穿白衣的拉起繫牛的繩，把炭車調整好方向，穿黃衣的在牛背上揮了一鞭：

「走！」

這故事見於白居易的《賣炭翁》：

賣炭翁，伐薪燒炭南山中。

滿面塵灰煙火色，兩鬢蒼蒼十指黑。

賣炭得錢何所營？身上衣裳口中食。

可憐身上衣正單，心憂炭賤願天寒！

夜來城外一尺雪，曉駕炭車輾冰轍。

牛困人飢日已高，市南門外泥中歇。

翩翩兩騎來是誰？黃衣使者白衫兒。

手把文書口稱敕，迴車叱牛牽向北。

一車炭，千餘斤，宮使驅將惜不得！

半匹紅紗一丈綾，繫向牛頭充炭直。

# 第 4 節　折臂翁

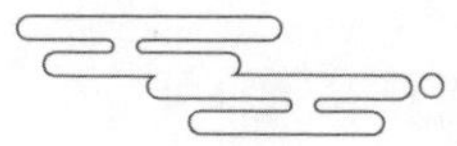

這老人家一頭的銀色，引起我的注意。頭髮、鬍子、眼眉都是雪白的。他腳步有點不穩，一個十歲左右的男孩扶着他。這小店今天滿座，老人家一時找不到空桌。我站起來招呼說:「老丈如不介意，何不賞光跟在下喝一杯？」

老人家也不推辭，拿了幾個銅錢給陪他來的孩子說：「自己去買餅吃，不用來接我，我自己會回家。」

老人家坐下，我叫店小二添了杯箸，另加一壺高粱。

「這孩子是你孫兒？」

「玄孫了！」

「好福氣！老丈高壽？」

「米壽了。」

「即是？」

「八十八。」

「難得！」

「是呀，這方圓十里，數我最老。有一位八十七的，可惜天生失明。」

「老丈耳聰目明，有福之人。」

「先生不知，活這麼大，是有代價的。」

「願聞其詳。」

「人生憾事之一:白頭人送黑頭人。我兒子魂斷邊疆，我孫兒被徵召後八年杳無消息，剛才的孩子未見過他一面。」

「老丈可曾被召入伍？」

「二十四歲那年，我被通知列入名冊了，全家都十分憂慮。」

「六十多年前的事了，可有成行？」

「那次是徵兵往雲南。聽説那邊瘴氣極重，途中要經

過一條瀘水，那水滾燙滾燙的，未曾過去人已死了小半。徵兵的皇旨一下，整條村子都聽見哭聲，妻哭夫，爺娘哭兒子。因為出征的從來有去無回，這一去既是生離又是死別。」

老人説着眼中有淚，用左手拿起杯子乾了，又放下杯子左手夾菜。

「老丈的右臂……？」

「斷了，我自己捶斷的。」

我張大眼睛看他。

「那時我新婚，又怕死，覺得無論如何不能去。考慮了一天又一天，到了入伍的前一天，我找到一塊大石頭，把它高高吊到樹上，再鬆繩子放它掉下來。我用右肩去頂，第一二次頂不中，第三次終於捶斷了我右臂，當是意外摔傷的，我從此成為殘廢人，失去當兵的資格。」老人家又乾一杯。

「一條手臂換一命，事實是當年出征的一個也沒回來。如今每逢轉天氣，風雨陰寒，這斷臂還是痛得我睡不着，可是我從來不曾後悔過。比起曝屍在無人的荒野，我幸運得多了！」老人仰頭盡清餘瀝，以袖拭淚。

「只顧傾談，還沒請教客官高姓大名。」

「在下白居易，有幸得聞老丈經歷，將寫成詩歌，供當朝者戒。」

老人告辭後，我心潮澎湃，成詩如下：

《新豐折臂翁》

新豐老翁八十八，頭鬢眉鬚皆似雪。

玄孫扶向店前行，左臂憑肩右臂折。

問翁臂折來幾年，兼問致折何因緣。

翁云貫屬新豐縣，生逢聖代無征戰。

慣聽梨園歌管聲，不識旗槍與弓箭。

無何天寶大徵兵，户有三丁點一丁。

點得驅將何處去，五月萬里雲南行。

聞道雲南有瀘水，椒花落時瘴煙起。

大軍徒涉水如湯，未過十人二三死。

村南村北哭聲哀，兒別爺娘夫別妻。

皆云前後征蠻者，千萬人行無一回。

是時翁年二十四，兵部牒中有名字。

夜深不敢使人知，偷將大石捶折臂。

張弓簸旗俱不堪，從茲始免征雲南。

骨碎筋傷非不苦，且圖揀退歸鄉土。

此臂折來六十年，一肢雖廢一身全。

至今風雨陰寒夜，直到天明痛不眠。

痛不眠，終不悔，且喜老身今獨在。

不然當時瀘水頭，身死魂孤骨不收。

應作雲南望鄉鬼，萬人塚上哭呦呦。

老人言，君聽取。

君不聞開元宰相宋開府，不賞邊功防黷武。

又不聞天寶宰相楊國忠，欲求恩幸立邊功。

邊功未立生人怨，請問新豐折臂翁。

# 第 5 節　琵琶絕唱

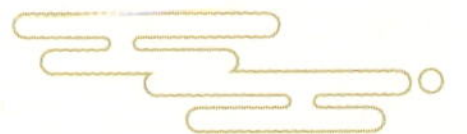

我可以這樣說：寫演奏琵琶，《琵琶行》之前，沒有人寫得像白居易這麼好；而之後，也不會有。不但是寫演奏琵琶，寫演奏其他樂器也難達如此藝術高度。

為什麼我會這樣說？先把有關段落列在下面：

潯陽江頭夜送客，楓葉荻花秋瑟瑟。

主人下馬客在船，舉酒欲飲無管弦。

醉不成歡慘將別，別時茫茫江浸月。

忽聞水上琵琶聲，主人忘歸客不發。

尋聲暗問彈者誰？琵琶聲停欲語遲。

移船相近邀相見，添酒回燈重開宴。

千呼萬喚始出來，猶抱琵琶半遮面。

轉軸撥弦三兩聲，未成曲調先有情。

弦弦掩抑聲聲思，似訴平生不得志。

低眉信手續續彈，說盡心中無限事。

輕攏慢捻抹復挑，初為《霓裳》後《六么》。

大弦嘈嘈如急雨，小弦切切如私語。

嘈嘈切切錯雜彈，大珠小珠落玉盤。

間關鶯語花底滑，幽咽泉流冰下難。

冰泉冷澀弦凝絕，凝絕不通聲暫歇。

別有幽愁暗恨生，此時無聲勝有聲。

銀瓶乍破水漿迸，鐵騎突出刀槍鳴。

曲終收撥當心畫，四弦一聲如裂帛。

東船西舫悄無言，唯見江心秋月白。

今夜聞君琵琶語，如聽仙樂耳暫明。

莫辭更坐彈一曲，為君翻作《琵琶行》。

感我此言良久立，卻坐促弦弦轉急。

淒淒不似向前聲，滿座重聞皆掩泣。

座中泣下誰最多？江州司馬青衫濕。(節錄)

## 主角出場的經營

寫小說也好，寫戲劇也好，主角出場，需要經營。詩人先為她佈景。地，是潯陽江頭，時間是夜裏，季節是秋天，各有象徵物，包括天上和水中的月亮，楓葉和荻花，而氣氛是抑鬱的，因為要別離。消愁物有酒，卻欠缺助興的音樂，於是有了期待。這時主角要出場了，從聞聲，到聲停，到尋聲，到移船相近，到邀約相見，到千呼萬喚，終於出來了，仍有半邊臉被琵琶遮着。

## 演奏的動作

從開始到結束，都是符合實際的描繪。一開始調校是「轉軸撥弦三兩聲」，由於熟練，隨後「低眉信手續續彈」，並不緊張。之後的指法是「輕攏慢捻抹復挑」，到最後「曲終收撥當心劃」，完成整個演奏。這「輕攏慢捻抹復挑」四個動作合併在一句中，簡約到家。

## 象聲詞的運用

創意地運用了琵琶音樂的象聲詞：如嘈嘈、切切、續續，還有具音樂效果的雙聲詞（聲母相同）：琵琶 pei paa、掩抑 jim jik、幽咽 jau jin。疊韻詞（韻母相同）：間關 gaan gwaan，讀起來特別有音樂感。

## 比喻

用了七個比喻，讓音樂具體化。

1. 如急雨

2. 如私語

3. 像大珠小珠落玉盤

4. 像間關鶯語

5. 像幽咽泉流

6. 像銀瓶乍破水漿迸

7. 像鐵騎突出刀槍鳴

**演奏時表達的感情**

1. 似訴平生不得志

2. 說盡心中無限事

3. 別有幽愁暗恨生

**聽者的反應**

寫表演不能沒有聽者的反應。

先有眾人因深深感動而說不出話來，「東船西舫悄無言」，再有白居易覺得「如聽仙樂耳暫明」，而大家再聽另一演奏時，都感動得「皆掩泣」。其中最具天涯淪落之感的是詩人白居易，「座中泣下誰最多？江州司馬青衫濕」。

唐宣宗李忱於白居易死後以詩弔之，有句云：「童子解吟長恨曲，胡兒能唱琵琶篇。」可見白居易這兩篇敘事詩受歡迎的程度。

今夜聞君琵琶語，如聽仙樂耳暫明。

# 第 6 節　長恨歌

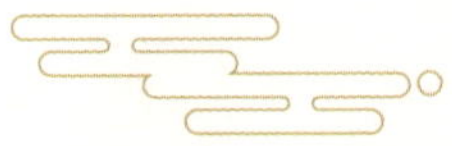

## 《長恨歌》的轉調

白居易跟陳鴻是朋友，有一次他們跟友人王質夫同遊仙游寺，談及明皇與貴妃故事。質夫慫恿白居易把這寫成詩，白居易果然把它寫成了，題目是《長恨歌》。白居易又建議陳鴻把它轉為傳記，於是陳鴻寫了《長恨歌傳》。在《長恨歌傳》的結尾部分，陳鴻説白居易寫這詩「不但感其事，亦欲懲尤物，窒亂階，垂於將來也。」意思是白居易除對此歷史事件有感之外，還要讓後代的當政者別迷戀美色，引發國家動亂，把《長恨歌》當成政治諷喻詩了。

《長恨歌》真能依照此目的去完成嗎？我看未必。故事的發展讓他脱離了本來的路線，如果國文老師改作文，會説他文章主題不能一貫到底。

詩的第一句主題鮮明，指出君王好色，又用「傾國」來代表美女，貶意分明。還因不便譏評本朝君王，把「唐

皇」掩耳盜鈴的寫成「漢皇」。到「春宵苦短日高起，從此君王不早朝」，已清楚指出君王耽於逸樂，荒廢政事。繼續是「姊妹弟兄皆列土，可憐光彩生門戶」，指責皇帝用人非根據才能，而是因為與所寵愛的女人的關係，屬於昏庸的行為。到「緩歌慢舞凝絲竹，盡日君王看不足」，是埋下國家將面臨衰敗的伏線了。詩歌到此為止，是跟隨原定主題發展的。

到政局突變，皇帝走難，六軍不發，娥眉馬前死，君王救不得，詩人開始對這段感情表現同情。

在走難途中，已是「蜀江水碧蜀山青，聖主朝朝暮暮情。」具體表現是「行宮見月傷心色，夜雨聞鈴腸斷聲。」到亂平回朝，馬嵬坡下不見遺體，回到宮中，觸景傷情，「芙蓉如面柳如眉，對此如何不淚垂？」是深深的思念，是整夜的失眠，是孤衾冷枕，是期盼夢中相會，最後要找一個有道術的人去尋覓。

經一番周折，終於在海上仙山找到了她，細說當年恩愛情事，包括七夕長生殿誓言，還送上舊物以表深情，說只要心似金鈿堅，天上人間會相見。

但也只是希望而已，陳鴻的《長恨歌傳》中，貴妃還對方士說，「太上皇（此時明皇地位）亦不久人間。」果然不久他便離世了。

明皇與貴妃的故事民間頗多傳聞，白居易也聽了不少。這使他對二人的愛情抱同情態度，以「天長地久有時盡，此恨綿綿無絕期」作結，把一段王室戀情寫得纏綿悱惻，好像忘記要吸取什麼教訓了。

下面是詩中貴妃見方士情況：

忽聞海上有仙山，山在虛無縹緲間。
樓閣玲瓏五雲起，其中綽約多仙子。
中有一人字太真，雪膚花貌參差是。
金闕西廂叩玉扃，轉教小玉報雙成。
聞道漢家天子使，九華帳裏夢魂驚。
攬衣推枕起徘徊，珠箔銀屏迤邐開。
雲鬢半偏新睡覺，花冠不整下堂來。
風吹仙袂飄飄舉，猶似霓裳羽衣舞。
玉容寂寞淚闌干，梨花一枝春帶雨。
含情凝睇謝君王，一別音容兩渺茫。

昭陽殿裏恩愛絕，蓬萊宮中日月長。

回頭下望人寰處，不見長安見塵霧。

唯將舊物表深情，鈿合金釵寄將去。

釵留一股合一扇，釵擘黃金合分鈿。

但教心似金鈿堅，天上人間會相見。

臨別殷勤重寄詞，詞中有誓兩心知。

七月七日長生殿，夜半無人私語時。

在天願作比翼鳥，在地願為連理枝。

天長地久有時盡，此恨綿綿無絕期。

七月七日長生殿，夜半無人私語時。

# 第 7 節　生死之交

白居易最好的朋友是元稹（字微之），文學史上並稱「元白」。他們論交時白居易三十一歲、元稹二十四歲，都是青年。兩人的文學觀相同，修養亦相差不遠，在官場的遭遇也接近，都曾經被貶往偏僻之地。兩人唱和不絕，各有許多酬答對方的詩。元稹曾為白居易編選詩集，白居易卻為元稹撰寫墓誌銘。元稹死時五十三歲，白居易六十歲，相交近三十年。

他們在旅途中，遇有寺廟、客舍，總喜歡去找尋，看有沒有人題寫對方的作品。他們也喜歡書寫對方的作品：「君寫我詩盈寺壁，我題君句滿屏風。」（白居易《答微之》）

在白居易寫給元稹的第一首詩《贈元稹》中就曾描述二人要好情況，騎馬賞花，雪中飲酒，便服相見，在春風下睡到日上三竿，深夜不眠同賞秋月，只為兩心相知，完全融合無間。

一為同心友，三及芳歲闌。

花下鞍馬遊，雪中杯酒歡。

衡門相逢迎，不具帶與冠。

春風日高睡，秋月夜深看。

不為同登科，不為同署官。

所合在方寸，心源無異端。(節錄)

白居易寫過一封近五千字論詩的信《與元九書》給元稹，回憶他們有一次在馬上唱和的情況，浪漫之極。

那次他們騎馬同遊長安城南，時當春日，風和日麗，來一個文字遊戲，你做律詩一首，我隨即相和。到我先作，要你相和。他們從皇子陂一直玩到昭國里，前後二十餘里路，吟詠不曾停過。白居易說，就因為有種神仙般的快樂，所以兩人才可以得意忘形，暫隱人間，傲視權貴，不當俗世是一回事。

他們經常心意相通，連夢境也與現實相連。

元和四年元稹做了監察御史，派往劍外（四川北部有劍門關，劍門關以南的地區稱劍南）。去了十多天之後，白居易與弟行簡、友人李杓直同遊曲江慈恩佛舍，逗留了很久。天色已晚，到杓直修行的屋裏吃酒。本來很開心，白居易忽然停下杯子，沉吟一番才說：「微之應該到達梁州了。」隨即在牆上寫了一首詩：

春來無計破春愁，醉折花枝作酒籌。

忽憶故人天際去，計程今日到梁州。

十幾天後，梁州有使者到，帶來元稹一封信，內有《紀夢詩》一篇：

夢君兄弟曲江頭，也入慈恩院裏遊。

屬吏喚人排馬去，覺來身在古梁州。

元稹夢中竟與他們同遊，而且跟他們遊寺的日子相同。

元白曾有多次機會相聚，但分離的日子更多。當時交通不便，收信也不容易。那天元稹收到一封信，竟忍不住哭了起來。他妻子和女兒先是驚怪，隨即猜到：怕是收到白司馬的信了：

遠信入門先有淚，妻驚女哭問何如？

尋常不省曾如此，應是江州司馬書。(元稹《得樂天書》)

元稹去世後九年，白居易仍夢見他，寫了《夢微之》，其中最動人的兩句是：

君埋泉下泥銷骨，我寄人間雪滿頭。

他雖沒有停筆，但詩囊較前空了，偶然聽到歌者唱元稹的詩，就難忍傷心。

新詩絕筆聲名歇，舊卷生塵篋笥深。

時向歌中聞一句，未容傾耳已傷心。(《聞歌者唱微之詩》)

兩人如此交好，其原因實為《與元九書》中重複兩次的說話：「微之，微之，知我心哉！」

# 第 8 節　三年杭州

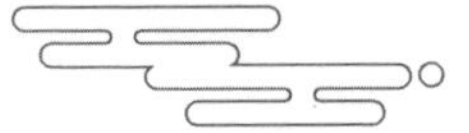

白居易最密切的朋友是元稹，白居易生活得最適意的地方是杭州，因為那裏有西湖。

唐穆宗長慶二年（公元 822 年），白居易五十一歲，兩次上疏論政皇帝都不聽，眼見國事日非，他就力求外任（不在朝廷做官），結果幸運地獲得杭州刺史一職，讓他享受了三年湖光山色時光。

他對餘杭的整體印象有詩《餘杭形勝》：

餘杭形勝四方無，州傍青山縣枕湖。

繞郭荷花三十里，拂城松樹一千株。

夢兒亭古傳名謝，教妓樓新道姓蘇。

獨有使君年太老，風光不稱白髭鬚。

州指杭州，縣指餘杭。傍山枕湖，處境優勝。

有三十里護城河中的荷花，有近城的一千棵松樹，都壯美堪誇。

此地名勝無數，詩中且舉兩個。一個是靈隱山上的夢兒亭，又叫夢謝亭。晉· 杜明禪師有一晚做了一個夢，夢見有賢人到訪。第二天，東晉謝氏大家族帶來一個小名客兒的孩子，他是名將謝玄的孫子，即是後來連大詩人李白都推崇的詩人、學問全才謝靈運（世襲爵位康樂公）。李白在《春夜宴桃李園序》中說：「吾人詠歌，獨慚康樂。」留意這個「獨」字，說明他最佩服的是謝靈運。原來這孩子的父親怕客兒長不大，要託庇於禪師。為了紀念此事，禪師後來建造了這個亭子。

另一個名勝是錢塘名伎才女蘇小小的遺跡，包括她生活過的地方和她的墳墓。她的故事會在本書另一篇李賀的詩中介紹。白居易不止一次在詩中提及她，包括：「若解多情尋小小，綠楊深處是蘇家。」清朝詩人袁枚隨身有個印章，刻的是「錢塘蘇小是鄉親」，可見她在文人心中的地位。

詩的最後兩句是幽默的自嘲，這麼美麗的一處地方，管治者卻是一個老頭子──有點反高潮的寫法。今日看來，五十出頭一點不老，而杭州更因曾有大詩人居留，更添價值了。

白居易的西湖詩最被欣賞的是《錢塘湖春行》，各位同學注意了，作文要貼題，這一首對「春」(尤其是初春)和「行」的感覺，扣得緊密極了：

孤山寺北賈亭西，水面初平雲腳低。
幾處早鶯爭暖樹，誰家新燕啄春泥？
亂花漸欲迷人眼，淺草才能沒馬蹄。
最愛湖東行不足，綠楊陰裏白沙堤。

屬初春的有春雨帶來的湖水上漲，有早鶯，有新燕，有漸開的花，有初長的草。這些「早」「新」「漸」「淺」都標誌着時序。而視點的不停改變，給我們的感覺是邊行邊看邊吟哦。最後近景看完，還有綠楊陰裏的白沙堤，有待進一步發現和欣賞，就給大家更多想像的餘地了。

白居易在杭州不足三年，要調走了，他有什麼感想呢？《別州民》中有說：

耆老遮歸路，壺漿滿別筵。
甘棠無一樹，那得淚潸然？
稅重多貧户，農飢足旱田。
唯留一湖水，與汝救凶年。

送別的場面是熱鬧的，路上滿是鄉親父老，餞別宴酒菜豐富。可惜我三年間建樹不多，不指望有惜別的眼淚。朝廷稅重，田又缺水，人民生活困難，我這個父母官能做的有限，總算在水利方面增築了錢塘湖堤，可儲水防天旱，算是對大家的一番心意。

# 第 9 節　達哉樂天

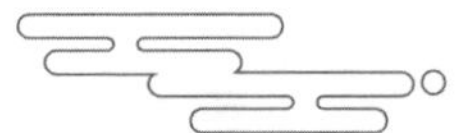

白居易本是一個有抱負而且執著的人，他在《與元九書》中說詩道崩壞，想扶起之，為此憤發積極，寢食不安。他認為「文章合為時而著，歌詩合為事而作。」可惜「志未就而悔已生，言未聞而謗已成。」受到當權者的壓迫和排擠。

不過他信奉孟子所說：「窮則獨善其身，達則兼濟天下。」能在兩者間進退自如。

可是如所有愛惜生命者一樣，白居易對歲月無情、人生短促有一種無望之悲哀，這情緒難免出現在作品之中，如《悲歌》：

白頭新洗鏡新磨，老逼身來不奈何。

耳裏頻聞故人死，眼前唯覺少年多。

塞鴻遇暖猶回翅，江水因潮亦反波。

獨有衰顏留不得，醉來無計但悲歌。

在新磨的鏡子裏清楚看到自己的老態，喝酒亦不能解，只能以詩來悲歌一番。

另一首《有感》，調子也一樣：

彼來此須去，品物之常理。

第宅非吾廬，逆旅暫留止。

子孫非我有，委蛻而已矣。

有如蠶造繭，又似花生子。

子結花暗凋，繭成蠶老死。

悲哉可奈何，舉世皆如此。(節錄)

說到底房屋、子孫都不能永久屬你，人生寄居而已。

不過詩人總要想辦法安慰自己，才能快樂地生活下去，於是有了另一首照鏡子的詩《對鏡吟》：

白頭老人照鏡時，掩鏡沉吟吟舊詩。

二十年前一莖白，如今變作滿頭絲。

吟罷回頭索杯酒，醉來屈指數親知。

老於我者多窮賤，設使身存寒且飢。

少於我者半為土，墓樹已抽三五枝。

我今幸得見頭白，祿俸不薄官不卑。

眼前有酒心無苦，只合歡娛不合悲。

比他老的是窮鬼，比他小的是死鬼，於是白詩人阿Q一番，開心了（也不知是真是假）。

七十歲那年白居易退休，沒了俸錢，家事不理，自去遊春、坐禪，少不免受家人埋怨。七十一歲的白老先生說，你們嘟噥什麼？老夫自有打算，最多賣田賣地，最後連房子也賣掉。像我這樣的身體情況，怕還用不完呢！就算閻王老子不要我，我照吃照喝照睡覺，是生是死無不可，多麼看得開呀，白樂天就是樂天！

請看原詩《達哉樂天行》：

達哉達哉白樂天，分司東都十三年。七旬才滿冠已掛，半祿未及車先懸。

或伴遊客春行樂，或隨山僧夜坐禪。二年忘卻問家事，門庭多草廚少煙。

庖童朝告鹽米盡，侍婢暮訴衣裳穿。妻孥不悅甥侄悶，而我醉臥方陶然。

起來與爾畫生計，薄產處置有後先。先賣南坊十畝園，次賣東都五頃田。

然後兼賣所居宅，彷彿獲緡二三千。半與爾充衣食費，半與吾供酒肉錢。

吾今已年七十一，眼昏鬚白頭風眩。但恐此錢用不盡，即先朝露歸夜泉。

未歸且住亦不惡，飢餐樂飲安穩眠。死生無可無不可，達哉達哉白樂天。

# 第 10 節　種種式式

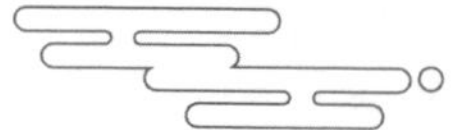

白居易把他的作品分為諷喻詩、閒適詩、感傷詩、雜律詩四類，我看到的卻有另一種分法，包括揭發惡政陋習的諷喻詩，如《秦中吟》、《新樂府》各篇。寫景、抒情的閒適詩，如寫西湖、懷好友的各篇。他最優為之、膾炙人口的敘事詩，如《琵琶行》、《長恨歌》、《燕詩》等。

他還有寓言詩，從故事中得啟發，且舉一首《感鶴》:

鶴有不羣者，飛飛在野田。飢不啄腐鼠，渴不飲盜泉。

貞姿自耿介，雜鳥何翩翾。同遊不同志，如此十餘年。

一興嗜慾念，遂為矰繳牽。委質小池內，爭食羣雞前。

不惟懷稻粱，兼亦競腥羶。不惟戀主人，兼亦狎烏鳶。

物心不可知，天性有時遷。一飽尚如此，況乘大夫軒。

一隻志趣高潔的鶴，獨立不羣，在廣闊的田野飛翔，維持了十多年堅貞耿介的生活，卻因一時的嗜慾被捕捉了。從此被關閉在狹小的池塘，跟下等雀鳥爭吃惡質的食

物。詩人的教訓是：天性是會因嗜慾改變的，為求一飽尚且如此，何況有高官厚祿的引誘？

白居易又寫了不少詠物詩，描繪物件的特點，並有所比喻，舉一首《鸚鵡》為例：

竟日語還默，中宵棲復驚。

身囚緣彩翠，心苦為分明。

暮起歸巢思，春多憶侶聲。

誰能拆籠破，從放快飛鳴？

前六句都是寫被困鸚鵡的特點：想說又噤聲，想睡又驚醒。因羽毛美麗而被囚，因心中明白而痛苦。一到晚上就想回歸故巢，一到春天就發出思念伴侶的聲音。寫的是鸚鵡，比喻的是人，最後是詩人還牠以自由的願望。

白居易還長於以極短的篇幅寫情愛，像《採蓮曲》：

菱葉縈波荷颭風，荷花深處小船通。

逢郎欲語低頭笑，碧玉搔頭落水中。

四句就寫出一幕動人的愛情喜劇。

另一首《寒閨怨》也只四句：

寒月沉沉洞房靜，真珠簾外梧桐影。

秋霜欲下手先知，燈底裁縫剪刀冷。

寒月、梧桐、秋霜都說明天氣漸冷，而她最先感到的是手上為征人裁衣的剪刀冷了，縫製寒衣的工作也更急切了。意在言外，含蓄而豐富。

在形式和內容上白居易也多創意，像《寄韜光禪師》：

一山門作兩山門，兩寺原從一寺分。

東澗水流西澗水，南山雲起北山雲。

前臺花發後臺見，上界鐘聲下界聞。

遙想吾師行道處，天香桂子落紛紛。

其中「東西澗」、「南北山」、「前後臺」、「上下界」的重複用字造成音節緊湊、意致連綿、貫若連珠的感覺，被稱為連珠體，極難仿效。

另一首為眾人欣賞至今的謎詩《花非花》：

花非花，霧非霧。

夜半來，天明去。

來如春夢不多時，

去似朝雲無覓處。

不是花，不是霧，不是夢，不是朝雲，那是什麼？至今無人能確實說出。意境朦朧，白居易可以說是朦朧詩派的祖師爺了。

# 第四章

# 其他詩人

# 第 1 節　遣悲懷——元稹

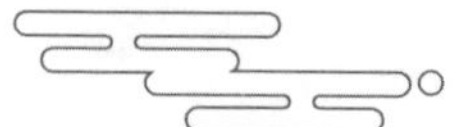

白居易最好的朋友是元稹（字微之），因在兄弟中排行第九，又稱元九。年輕時曾有一段浪漫往事，他寫成傳奇《鶯鶯傳》（又名《會真記》），後被改編為戲曲《西廂記》。

他二十四歲時娶大族韋氏二十歲的女兒韋叢為妻，不幸在婚後七年病逝。元稹十分悲痛，寫了三十七首悼亡詩悼念她，以《遣悲懷三首》最為動人，清朝的孫洙（即編《唐詩三百首》的蘅塘退士）說：「古今悼亡詩充棟（很多），終無能出此三首範圍者。」

這三首詩的大意說：

你好像謝家（東晉大族謝安家）最受寵愛的幼女，嫁給我這個像黔婁一般的窮鬼，樣樣都不能順心。我衣服破舊，你就翻箱倒篋找東西典當，替我更換。朋友來了，沒錢買酒，老着臉要你拔下金釵去沽賣。無錢買菜就找野

菜、豆葉代替，沒有柴火就在那棵大槐樹下拾些落葉來燒。如今我的俸錢超過十萬，有條件過富裕的生活，可是你卻不在了，只能為你打齋和在靈前供奉了。

我們曾經口沒遮攔，開玩笑的説些身後的笑談，想不到如今一件件都出現眼前。你留下的衣服一直在送給有需要的人，差不多都派完了。你用過的針線包還在，我捨不得打開，要永留紀念。想起舊日你對下人有情有義，如今我對他們也同樣憐惜。偶然做夢聽説你不夠錢用，我就焚燒冥鏹給你。我也知道所有夫妻都會經歷喪偶之痛，但回首貧賤往事就更添傷懷。

空閒時為你傷心也為我自己傷心，人生短促，我又能留多久（結果元稹五十二歲逝世）？我像鄧攸一樣命中沒有兒子（當時他只有一女），學潘岳一樣為亡妻寫悼詩對你又有什麼實際意義？生不能同襟，死了在黑暗的墓穴中同在，難道真是我們期望的？説是來生再做夫妻可有這麼容易？我整夜整夜的睜着眼睛到天亮，就當報答你與我同在的日子，眉頭從沒有舒展過。下面是原詩：

謝公最小偏憐女，自嫁黔婁百事乖。
顧我無衣搜藎篋，泥他沽酒拔金釵。
野蔬充膳甘長藿，落葉添薪仰古槐。
今日俸錢過十萬，與君營奠復營齋。

昔日戲言身後事，今朝都到眼前來。
衣裳已施行看盡，針線猶存未忍開。
尚想舊情憐婢僕，也曾因夢送錢財。
誠知此恨人人有，貧賤夫妻百事哀。

閑坐悲君亦自悲，百年都是幾多時？
鄧攸無子尋知命，潘岳悼亡猶費詞。
同穴窅冥何所望？他生緣會更難期。
惟將終夜長開眼，報答平生未展眉。

元稹的另一首悼韋叢詩其中兩句更常被引用：

曾經滄海難為水，除卻巫山不是雲。

意思是經歷過滄海水之廣袤淼深，欣賞過巫山雲之奇幻美麗，其他都不足觀了；我因為擁有過你，再不會對其他異性有興趣了。

這是詩人當時的真情語，實際如何，那是另一回事了。

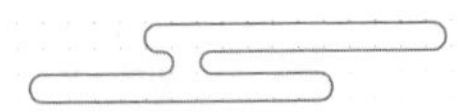

# 第 2 節　竹枝 —— 劉禹錫

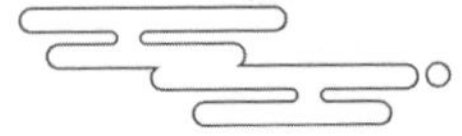

元稹逝世後，與白居易唱和最多的是劉禹錫。他們兩人同年，都曾被朝廷放逐到邊遠州郡，因此氣味相投，唱和不絕，包括以民歌風寫竹枝詞。

當劉禹錫被貶夔州（今四川奉節）時，聽到那裏的青少年吹着短笛，敲着鼓，唱着歌，慶祝節日。他們邊唱邊跳，衣袂飛揚，激情投入。歌名《竹枝》，激越高亢，還互相競賽，看誰的歌多。

劉禹錫想起前人屈原流放沅湘間時，聽到民間迎神歌曲，模仿創作了《九歌》，於是他也模仿寫了一批《竹枝》，成為唐詩中另類奇葩。

讓我們欣賞其中兩首：

山桃紅花滿上頭，蜀江春水拍山流。

花紅易衰似郎意，水流無限似儂愁。

民歌慣用「比」、「興」的修辭法，「比」是比喻，「興」是借一件事物帶出整首詩歌。頭兩句的「山桃花」、「蜀江水」兼有兩者作用。

民歌內容多寫男女情愛，這一首表達的是戀愛中的少女心有所屬，卻擔心對方情意不堅，像那易謝的山桃花，引起她心中的憂愁，像悠悠遠去的江水，無休無止。

楊柳青青江水平，聞郎江上踏歌聲。

東邊日出西邊雨，道是無晴卻有晴。

早春天氣，芳心繚亂，忽然聽到心儀男子傳來歌聲，其詞曖昧。這傢伙究竟想說什麼？倒有點像這天氣，東邊亮着太陽，西邊卻下着雨，這算是晴天還是雨天？你怎樣為這樣的天氣定性呢？古詩中常運用諧音來表現不想啟齒的心意，這裏的「無晴」、「有晴」，正是「無情」、「有情」的借用。這男子真討厭呀，有話就直說嘛，偏要人猜！

# 第 3 節　前度劉郎——劉禹錫

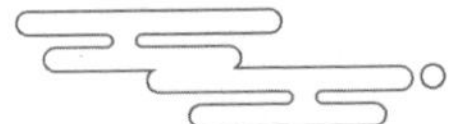

這個劉禹錫鬥志甚強，心中一股不平之氣不吐不快。在一次政治改革運動中，他是其中積極一員，但因妨礙了當權保守勢力利益，與柳宗元等八位司馬被貶邊遠州份，他去了湖南的朗州，一去就是十年。到放回時，發覺保守派氣燄仍盛，朝廷多的是趨炎附勢之徒，劉禹錫寫了一首諷刺詩，表面寫看花，骨子裏有所針對，詩題是《元和十年自朗州承召至京戲贈看花諸君子》：

紫陌紅塵拂面來，無人不道看花回。

玄都觀裏桃千樹，盡是劉郎去後栽。

詩寫的是長安大街上沸沸揚揚，一片熱鬧，滿城的人隨潮流去看花。看什麼花？不是傳統珍視的牡丹，而是輕薄的桃花。在玄都觀的園子裏有千棵之多，都是在他劉禹錫等人離開京城之後培植的。就像朝廷那班得勢的權貴，在他們被貶謫後大量栽培幫派勢力，沆瀣一氣，表面氣勢極盛，其實是低質素的一堆。

諷刺詩一出，當權者面子下不去，再貶！這次要更遠點，劉禹錫到了廣東連州，後來歷經四川夔州、安徽和州，共十四年。卸任，重遊玄都觀，見一棵桃樹也沒有了，詩興又來，寫了《再遊玄都觀》：

百畝庭中半是苔，桃花淨盡菜花開。

種桃道士歸何處？前度劉郎今又來。

這首詩跟前詩一樣，是個比喻。那班權貴死亡的死亡，失勢的失勢，昔日炙手可熱，換來冷落一片，就像千樹桃花，換成一個菜園子。種桃的道士哪去了？打不死的劉禹錫又來了！有人對劉禹錫沾沾自喜的態度不以為然，也有人對他的堅持鬥爭、不改初衷表示欣賞。

「前度劉郎」本出於東漢劉晨、阮肇的故事，此處借用。

## 第 4 節　月亮與燕子 —— 劉禹錫

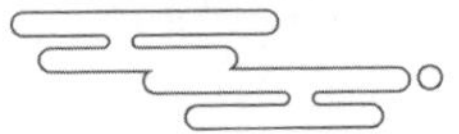

懷古的詩千千萬，寫得好的也萬萬千，想留給讀者深刻印象，必須有特殊角度。

劉禹錫未到過金陵，卻寫了《金陵五題》的懷古詩，使大詩人白居易讀了又讀，不停讚好，說有了「潮打空城寂寞回」，以後的詩人都不能再寫了。我們先看第一首《石頭城》：

山圍故國周遭在，潮打空城寂寞回。

淮水東邊舊時月，夜深還過女牆來。

這六朝金粉地，曾是紙醉金迷，無比繁華，如今依然羣山環繞，卻像是一座空城，寂寞地躺臥在那裏，讓潮水寂寞地打向它，寂寞地來，寂寞地回。那淮水東邊照過古人的舊時明月，照過多少古人？看過多少興亡？如今依然在深夜時分，越過城頭，把她的清光灑向殘壘。月亮，你也寂寞麼？

這麼好的意境，引得後人不停借用。北宋周邦彥《西河》:「佳麗地，南朝盛事誰記?山圍故國繞清江，髻鬟對起。怒濤寂寞打孤城，風檣遙度天際。」元薩都剌《念奴嬌》:「傷心千古，秦淮一片明月。」

第二首是《烏衣巷》:

朱雀橋邊野草花，烏衣巷口夕陽斜。

舊時王謝堂前燕，飛入尋常百姓家。

朱雀橋、烏衣巷、王謝堂舍都是富貴人家所在地，用野草和夕陽營造了一個衰敗景象不足夠，借燕子每年回歸的細節，來一個對比。以前燕子在華廈營巢，如今破敗無人，只能飛到尋常百姓家的簷前築巢哺雛了。或說此句指舊日富貴人家屋舍已淪為普通百姓居所，又或富貴人家後裔已成普通百姓，我覺得還是第一解接近事實。

詩人用月光和燕子兩個細節，引發了盛衰變遷的感慨，可以說是匠心獨運。

# 第 5 節　柳宗元與漁翁

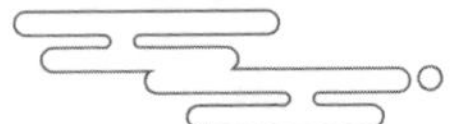

跟劉禹錫一樣，在同一場政治鬥爭中失敗被貶的柳宗元去了永州（在湖南南部），於那裏生活了 10 年，著作甚多。文學方面他的散文成就大於詩歌，是「唐宋八大家」之一。他的山水遊記，如《永州八記》、《始得西山宴遊記》，他的寓言，如《三戒》、《黔之驢》、《臨江之麋》，他的人物傳記，如《捕蛇者説》、《種樹郭橐駝傳》都常被選入課本。柳宗元留存的詩只 140 多首，其中傳誦較多的卻是兩首與漁夫有關的詩，第一首是《江雪》：

千山鳥飛絕，萬徑人蹤滅。

孤舟蓑笠翁，獨釣寒江雪。

頭兩句鋪陳了一個廣袤而寂靜的場景，最後歸結為一點：一葉小舟，一個釣翁在漫天大雪中垂釣。極具畫面感，引得無數畫家作為題材。

這首小詩反映了柳宗元被流放後的心境：即使孤獨、寂寞，但面對酷寒，堅毅無懼，自得其樂，享受這逆境。

全詩用得最好的一個詞是隔開的「釣雪」，雪本不可釣，但這漁夫在這樣的環境下志不在魚，他獵取的正是這萬山環抱、大雪滿天的苦寒清冷。用「江雪」名之，貼切不過。

第二首是《漁翁》：

漁翁夜傍西巖宿，曉汲清湘燃楚竹。

煙銷日出不見人，欸乃一聲山水綠。

回看天際下中流，巖上無心雲相逐。

這漁翁也是獨自一人，享受他無所牽掛、自由自在的生活。作者用「清湘」代水，用「楚竹」代燃料，是一種美化。人不見了，卻有欸乃一聲。「欸乃」可解搖櫓聲或搖船時的歌聲，我取後者。這「山水綠」的「綠」字用得好，直追《江雪》的「雪」。觀者聽到歌聲，尋找歌者，所見整個環境，唯一個「綠」字可概括。

宋蘇東坡喜歡這首詩，但他認為前四句已夠。我也是，你呢？

孤舟蓑笠翁，獨釣寒江雪。

# 第 6 節　陳子昂的「獨」

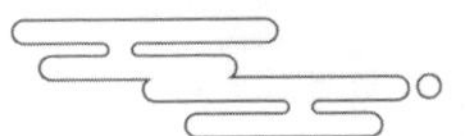

柳宗元「獨」釣寒江雪，享受或是忍受那份冷寂，比他早生百多年的陳子昂卻因這個「獨」流下了悽愴的眼淚。他的《登幽州臺歌》寫於三十七歲，那一年上級不接納他的意見，還將他貶斥，壯志未酬，一腔失意怨憤，獨自走上北京的幽州臺，抒發他的孤寂，竟然流下眼淚。

我讀這首詩時，並不知道他當時處境，但產生巨大的共鳴。讓我們先讀讀這首詩：

前不見古人，後不見來者。

念天地之悠悠，獨愴然而涕下。

我強烈感觸的是生命之短促，這感觸自古以來雖聖賢豪傑難免。孔子見光陰如流水一去不回，慨歎說：「逝者如斯夫，不捨晝夜。」曹操固一世之雄，也有「人生幾何？譬如朝露，去日苦多」之歎。王羲之痛陳「修短隨化，終期於盡」的悲哀。

前不見古人，多少天才，多少有趣的人物不能與之交遊。後不見來者，多少俊傑，多少美麗的下一代、幾代、無數代不會看見。

想到時間悠悠不盡，自己只能在極短的片刻躋身其間，隨即是無知無覺，湮滅於天地之間，對一個熱愛生命的人來說，思想起來怎不流下無望和傷痛的眼淚！

# 第 7 節　詩鬼李賀

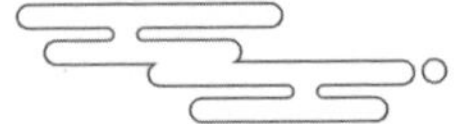

李白詩仙，杜甫詩聖，王維詩佛，李賀詩鬼。

李賀之所以被稱為詩鬼，一因他有鬼才，二因他詩作中常以鬼為題材，我最欣賞的其中一首是《蘇小小墓》。

古樂府中有《蘇小小歌》：

我乘油壁車，郎乘青驄馬。
何處結同心？西陵松柏下。

詩人李紳在《真娘墓》詩序中提到蘇小小墓：「嘉縣前有吳妓人蘇小小墓，風雨之夕，或聞其上有歌吹之音。」

在這樣的基礎上，李賀創作了《蘇小小墓》：

幽蘭露，如啼眼。

無物結同心，煙花不堪剪。

草如茵，松如蓋。

風為裳，水為珮。

油壁車，夕相待。

冷翠燭，勞光彩。

西陵下，風吹雨。

那幽蘭上的露水，

像她眼中的淚。

再找不到可以綰同心結的花朵，

迷濛的野花剪下來也零零碎碎。

芊芊綠草是她的茵褥，

亭亭古松是她的車蓋，

習習微風如她衣袂飄飄，

叮叮流水如她環珮相碰。

接她的油壁車還在等着，

朝朝暮暮松蔭之下。

冷冷的燭光依然點着，

搖搖的餘火欲熄還在。

一場愛情的盛宴不曾舉行，

西陵松柏下風雨淒迷。

# 第 8 節　桃花源的「二次創作」

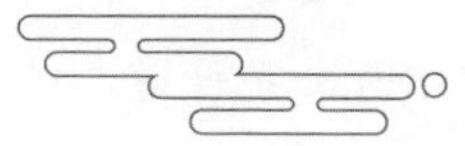

晉朝詩人陶淵明對當時的社會現實不滿，虛構了一個理想社會「桃花源」與之比對。這虛構的文字分兩部分，《桃花源詩》和《桃花源記》，後者只是前者的序言。可是這序言被閱讀的廣泛性，遠遠大於詩，而且產生了三個成語：「世外桃源」、「不足為外人道」、「無人問津」。可是根據此二者寫成的桃花源詩，卻有多篇，包括韓愈的《桃源圖》、王安石和王維的《桃源行》，我認為以王維寫的為最好。這等於現代所謂「二次創作」吧。

讓我們先看看《桃花源記》原文：

《桃花源記》

晉太元中，武陵人捕魚為業。緣溪行，忘路之遠近。忽逢桃花林，夾岸數百步，中無雜樹，芳草鮮美，落英繽紛，漁人甚異之。復前行，欲窮其林。

林盡水源，便得一山，山有小口，彷彿若有光。便舍船，從口入。初極狹，才通人。復行數十步，豁然開朗。土地平曠，屋舍儼然，有良田、美池、桑竹之屬。

阡陌交通，雞犬相聞。其中往來種作，男女衣着，悉如外人。黃髮垂髫，並怡然自樂。

見漁人，乃大驚，問所從來，具答之。便要還家，設酒殺雞作食。村中聞有此人，咸來問訊。自云先世避秦時亂，率妻子邑人來此絕境，不復出焉，遂與外人間隔。問今是何世，乃不知有漢，無論魏晉。此人一一為具言所聞，皆歎惋。餘人各復延至其家，皆出酒食。停數日，辭去。此中人語云：「不足為外人道也。」（間隔一作隔絕）

既出，得其船，便扶向路，處處志之。及郡下，詣太守，說如此。太守即遣人隨其往，尋向所志，遂迷，不復得路。

南陽劉子驥，高尚士也，聞之，欣然規往。未果，尋病終，後遂無問津者。

我把我認為寫得最好的王維的《桃源行》抄寫在下面：

漁舟逐水愛山春，兩岸桃花夾去（一作古）津。

坐看紅樹不知遠，行盡青溪不見人。

山口潛行始隈隩，山開曠望旋平陸。

遙看一處攢雲樹，近入千家散花竹。

樵客初傳漢姓名，居人未改秦衣服。

居人共住武陵源，還從物外起田園。

月明松下房櫳靜（一作淨），日出雲中雞犬喧。

驚（一作忽）聞俗客爭來集，競引還家問都（一作鄉）邑。

平明閭巷掃花開，薄暮漁樵乘水入。

初因避地去人間，及至（一作更聞）成仙遂（一作去）不還。

峽裏誰知有人事，世中遙望空雲山。

不疑靈境難聞見，塵心未盡思鄉縣。

出洞無論隔山水，辭家終擬長游衍。

自謂經過舊不迷，安知峰（一作岑）壑今來變。

當時只記入山深，青溪幾度到雲林？

春來遍是桃花水，不辨仙源何處尋。

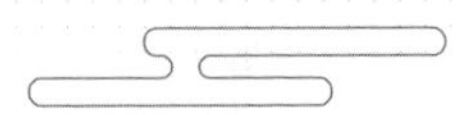

# 第 9 節　詩中問答——王維

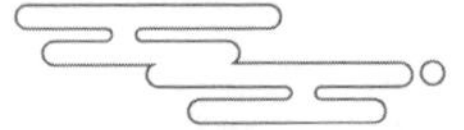

王維有一首大家熟知的詩，題目是《雜詩》：

君自故鄉來，應知故鄉事。

來日綺窗前，寒梅着花未？

有朋友從故鄉來，許久沒有回去過，當然有許多事情想問詢，包括故鄉親人鄰里可安好？可是出人意料的是，詩人什麼也不問，卻問窗前的梅花開了沒有？

如果你是故鄉來人，你會有什麼想法？他腦子出問題了？我的感覺是王維有點故作風雅。不過這詩已流傳千多年，大家欣賞的就是他的「風雅」。

王維有一首《酬張少府》，其中亦有問答：

晚年唯好靜，萬事不關心。自顧無長策，空知返舊林。

松風吹解帶，山月照彈琴。君問窮通理，漁歌入浦深。

詩的開始作者已表態萬事不關心，也沒有什麼經國濟世之策，正享受着閒適的歸隱生活，你卻來問我窮通得失的大道理，我只能唱着漁歌，走進河道的深處了。

或許你會問：「咁即係點啫？」(那是什麼意思？)

這就暗藏了屈原《漁父》的典故：屈原被放逐，流浪在湘江流域沼澤旁，對一漁父申訴，説寧葬身魚腹也不肯同流合污。漁父唱歌回答：「滄浪之水清兮，可以濯我纓；滄浪之水濁兮，可以濯我足。」意思是隨遇而安，不必執著。王維對張少府的回答雖無具體意見，卻以《漁歌》隱喻對惡劣的現實不必過分投入，或許像他這樣歸隱田園享受自然和閒適，也是一條出路。

用一句看似空泛的詩作答，卻寓意其中，餘韻裊裊，是詩家特色。

# 第 10 節　田家風景 —— 王維

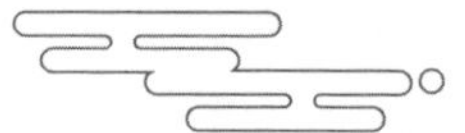

王維既被稱讚他詩中有畫，他處理的場面一定深有畫意。畫意不一定是山川草木自然風景，人物動態更具親切感。他的《渭川田家》是其中代表作。

斜陽照墟落，窮巷牛羊歸。

野老念牧童，倚杖候荊扉。

雉雊麥苗秀，蠶眠桑葉稀。

田夫荷鋤至，相見語依依。

即此羨閒逸，悵然吟式微。

我們看到什麼畫面？看到的是鄉村黃昏景色，將近落山的太陽以餘光照着村落，房舍樹木投下斜斜的影子。陋巷中有放牧歸來的牛羊，拉着自己的隊伍前行，肚皮鼓鼓的看來吃得很飽。多家門前有老人家拄着手杖遙望遠處，看放牧的孫兒回來沒有。開始有穀粒的麥田裏野雞在呼喚配偶，家蠶經歷牠們的生命史一眠二眠三眠四眠，桑葉都給吃得稀疏了。耕種的農夫由田裏荷着鋤頭回來，相見時

親切地交談幾句。這種閒適舒服的生活狀態，使詩人遺憾地吟起《式微》詩篇來：

「式微，式微，胡不歸！」

讀到這裏我們可能才醒悟，詩句緊扣的是一個「歸」字。牛羊放牧歸來了，野老等着孫兒歸來，麥苗、蠶兒正等待牠們生活進程的歸宿。農夫們辛勞了一天，荷着鋤頭心情輕鬆的歸來了。如此閒適的光景使詩人十分羨慕，詩人想到自己仍徬徨在歧路，不禁悵然地吟道：天色已晚，天色已晚，為什麼還不回家！

# 第 11 節　空山 —— 王維

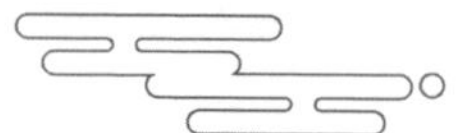

在王維的詩中，常見有「空山」一詞，可見他享受一種孤獨閒靜的生活情調，他的詩意表達，使讀者與他共享這種快樂。他的表現技巧是非常高超的。

《鳥鳴澗》

人閒桂花落，夜靜春山空。

月出驚山鳥，時鳴春澗中。

重點在一「靜」字。夜靜，連細小的桂花掉落都能察覺。靜，不一定要悄無聲息。南北朝時詩人王藉就有「蟬噪林愈靜，鳥鳴山更幽」的詩句。王維詩中也有鳥鳴，鳥兒們本來已經睡着，但月亮的出現把牠們驚動。月亮出來是沒有聲音的，驚動鳥兒的是她的光。這靜夜空山的情調與氣氛完全表現出來了。

《鹿柴》

空山不見人，但聞人語響。

返景入深林，復照青苔上。

鹿柴是王維居住的地方，這首詩他把某個黃昏環境給他的印象表現了出來。不見人的空山，卻聽到人說話的聲音，因為山有彎角，一轉彎便看不到人，但聲音卻可以傳送過來，有時還帶着回音，給人更空寂的感覺。

深林是幽暗的，有青苔更見清冷，卻有一線陽光照進來，讓青苔得以亮相。但當光線消失時，那黑暗將格外深邃。

學者劉學鍇說：本詩表現了有聲的靜寂，有光的幽暗。這話說得到家。

《山居秋暝》

空山新雨後，天氣晚來秋。

明月松間照，清泉石上流。

竹喧歸浣女，蓮動下漁舟。

隨意春芳歇，王孫自可留。

前兩句是大環境，空山、雨後、秋意。

後四句是四扇屏的四個景色。兩物兩人，松間有朗月照着，瀉下樹影。清泉在石上流淌，發出潺潺的聲音。竹林裏一陣快樂清脆的嬉笑聲，洗衣服的女孩子們回來了。滿河的蓮葉紛披，是漁船滿載着收穫回來了。

最後兩句是感受：這樣美好的人間，就算春天的芬芳不在，我仍是願意歸隱於此的啊！他用王孫稱自己，是因為《楚辭・招隱士》有句：「王孫兮歸來，山中兮不可久留！」他反其意而用。

# 第 12 節　此物最相思── 李龜年

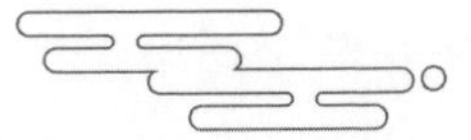

唐明皇宮中首席樂師是李龜年，編曲、奏曲、唱曲、指揮樣樣在行。李白為明皇、貴妃寫的《清平調》，就是由李龜年的樂隊班子演奏的，李龜年唱歌，明皇吹玉笛相和，這是李龜年最被重用的時候。(見本書《得意李白》一節)

當年王維寫了一首《相思》的詩給李龜年，副題就是《江上贈李龜年》：

紅豆生南國，春來發幾枝？

願君多採擷，此物最相思。

李龜年譜曲後傳唱很廣，相當於今天流行的金曲。

安史之亂後，李龜年流落江南，賣藝為生，當年在權貴人家聆聽過李龜年表演的杜甫寫了一首感慨萬千的《江南逢李龜年》：

岐王宅裏尋常見，崔九堂前幾度聞。

正是江南好風景，落花時節又逢君。

岐王是唐玄宗的弟弟，崔九是殿中監崔滌，能出入禁中，得玄宗寵幸。李龜年常在他們兩家表演，杜甫作為賓客，多次有機會欣賞。而如今繁華不再，雖是江南好風景的時刻，卻已是落花時節，時節如是，人如是，那感慨是難以言喻的。

有一天，李龜年被邀請在湘中採訪使筵席上表演，他唱了幾首懷舊的歌，包括這首《相思》，唱着唱着，李龜年忽然暈厥，不省人事，四天後才甦醒過來，但不久終於鬱鬱而終。

# 第 13 節　陽關三疊

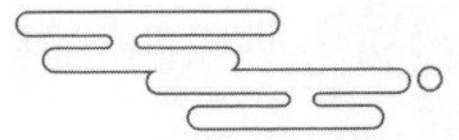

中國最古老的送別歌是《陽關三疊》，來自王維的《渭城曲》，又名《送元二使安西》：

**渭城朝雨浥輕塵，客舍青青柳色新。**

**勸君更盡一杯酒，西出陽關無故人。**

讀懂這首詩先要認識三個地名。

**安西**：唐中央政府為統轄西域而設的安西都護府的簡稱，治所在龜茲城，今新疆庫車。元二正準備往那裏去。

**渭城**：秦都咸陽的故城，在長安西北，渭水北岸。送別之地。

**陽關**：在今甘肅敦煌縣西南，和它北面的玉門關相對，從漢代以來，一直是內地出向西域的關口。

早上，一場細雨剛好潤濕了大道上的塵土，旅店前的楊柳葉像洗過一般。酒已喝過不少，叮嚀的話不想再重複，起程的時間到了，來，把這最後一杯乾了！出了陽關就是陌生地方，哪裏找個老朋友跟你喝酒！

因為唱的時候，把其中幾句重複唱幾次，所以叫《陽關三疊》。歷代有人加以改編，也是二次創作，改得還不錯，因為是從原來的詩句上發展。我舉兩個例子在下面：

### 元《陽春白雪集》

渭城朝雨，一霎浥輕塵。更灑遍客舍青青，弄柔凝，千縷柳色新。更灑遍客舍青青，千縷柳色新。休煩惱！勸君更盡一杯酒，人生會少，自古功名富貴有定分，莫遣容儀瘦損。休煩惱！勸君更盡一杯酒，只恐怕西出陽關，舊遊如夢，眼前無故人！只恐怕西出陽關，眼前無故人。

### 清《琴學入門》

清和節當春。渭城朝雨浥輕塵，客舍青青柳色新。勸君更進一杯酒，西出陽關無故人。霜夜與霜晨。遄行，遄行，長途越渡關津，惆悵役此身。歷苦辛，歷苦辛，歷歷苦辛，宜自珍，宜自珍。

渭城朝雨浥輕塵，客舍青青柳色新。勸君更進一杯酒，西出陽關無故人。依依顧戀不忍離，淚滴沾巾，無復相

輔仁。感懷，感懷，思君十二時辰。參商各一垠，誰相因，誰相因，誰可相因，日馳神，日馳神。 渭城朝雨浥輕塵，客舍青青柳色新。勸君更進一杯酒，西出陽關無故人！芳草遍如茵。旨酒，旨酒，未飲心已先醇。載馳駰，載馳駰，何日言旋軒轔，能酌幾多巡！千巡有盡，寸衷難泯，無窮傷感。楚天湘水隔遠濱，期早托鴻鱗。尺素申，尺素申，尺素頻申，如相親，如相親。

噫！從今一別，兩地相思入夢頻，聞雁來賓。

《琴學入門》這首，我幾次在音樂會上聽過。只嫌它部分句子難解，試注解幾個：

**遄行**：快速地行

**輔仁**：朋友間互相幫助實行仁道

**參商各一垠**：像參和商兩顆星各處一方

**日馳神**：每天的精神都飛到對方那裏

**旨酒**：美酒

**載馳駰**：騎着馬奔跑着

**軒轔**：車（本解車行聲）

**鴻鱗**：魚雁，代表書信

**尺素**：信

**雁來賓**：像雁般歸來作客

清朝這首給我的感覺是一位讀了不少古書但消化不良的老先生硬寫的，後果是後來的人硬跟着唱，許多人根本不知道所唱是什麼意思。這使我想起另一首《送別》，弘一法師李叔同的作品：

長亭外，古道邊，芳草碧連天，

晚風拂柳笛聲殘，夕陽山外山。

天之涯，地之角，知交半零落，

一觚濁酒盡餘歡，今宵別夢寒。

這是消化了的二次創作，讓我們比對其中共同點：

客舍 / 長亭

輕塵 / 古道

柳 / 柳

天涯地角 / 陽關之外

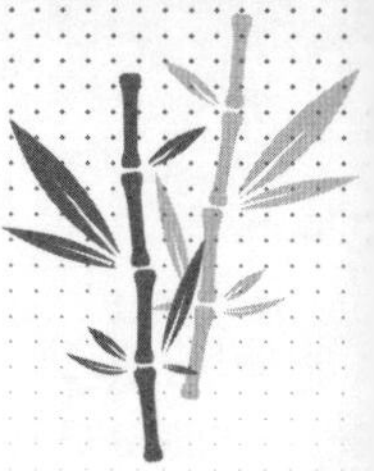

故人 / 知交

酒 / 酒

這是精神上的契合，獲得類似的感受而不重複，高低立見。

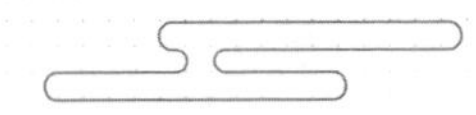

# 第 14 節　巴山夜雨 —— 李商隱

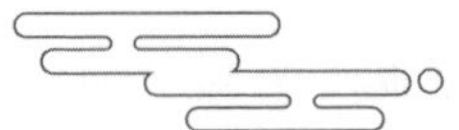

李商隱以無題詩知名，朦朧恍惚，詞句華麗動人，但不易向青少年讀者介紹，我寧取喜歡的《夜雨寄北》。

我們有時會跟朋友、家人如元稹所說「昔日戲言身後事」，或如《越謠歌》許下未來的諾言：

君乘車，我帶笠，他日相逢下車揖。

君擔簦，我跨馬，他日相逢為君下。

我們更會跟他們回憶過去的事，某年某日，我們在某地做過什麼、說過什麼。

但《夜雨寄北》巧妙之處，是從如今想像將來，而未來會談論如今互相想念的事，造成一個迴環往復的效果。下面是《夜雨寄北》：

君問歸期未有期，巴山夜雨漲秋池。

何當共剪西窗燭，卻話巴山夜雨時。

創作貴新意，因此第一次讀到就擊節。

冬至是重要節日，有一年的冬至，白居易路經邯鄲，歇息於驛亭，想念家人，寫了一首《邯鄲冬至夜思家》：

邯鄲驛裏逢冬至，抱膝燈前影伴身。

想得家中夜深坐，還應説着遠行人。

詩人在外面想着家人，想像他們也正想念着自己，同樣造成一個循環往復。這首詩寫於李商隱詩之前，不知李的靈感有沒有從中得來？

到了宋朝，楊萬里有一首《聽雨》：

歸舟昔歲宿嚴陵，雨打疏篷聽到明。

昨夜茅檐疏雨作，夢中喚作打篷聲。

論者也認為是受《夜雨寄北》影響，好東西不論是有意無意，那影響會一直傳承下去。

何當共剪西窗燭，

卻話巴山夜雨時。

(《夜雨寄北》有二說，寄妻子或寄親友，本圖取後者)

# 第 15 節　名句——李商隱

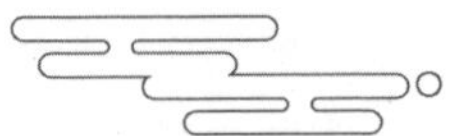

雖然李商隱的詩不太適合介紹給中學同學，但他詩中的名句卻屬基本語文知識，就讓我介紹一些。

**夕陽無限好，只是近黃昏。**

出自《樂遊原》，老人家看了最有同感。年紀大了，經濟富裕，兒女孝順，本應感到滿足，但一想到時日無多，心裏就鬱着鬱着。不過有學者說「只是」並不解作「但是」、「只不過」，而應解作「就是」、「正是」，並無慨歎之意。

近人吳兆江說：「但得夕陽無限好，何須惆悵近黃昏？」意思是積極的，對老人家有安慰作用。

**身無彩鳳雙飛翼，心有靈犀一點通。**

出自《無題二首》之一。形容戀人雖不能相聚，心靈卻是相通的。

**春蠶到死絲方盡，蠟炬成灰淚始乾。**

出自《無題》，比喻對愛情的纏綿，雖九死其未悔。

**嫦娥應悔偷靈藥，碧海青天夜夜心。**

出自《嫦娥》，寫孤獨的寂寞。宋朝蘇軾《水調歌頭》：「我欲乘風歸去，又恐瓊樓玉宇，高處不勝寒。起舞弄清影，何似在人間。」不願在天上，寧願在人間，也是這個意思。

**可憐夜半虛前席，不問蒼生問鬼神。**

出自《賈生》，漢文帝虛懷若谷似的夜半接見當年的政治家、文學家賈誼，想不到他問的不是百姓福祉，而是虛無飄渺的鬼神之事，表達了對統治階層的失望。

《紅樓夢》中林黛玉聽見寶玉和寶釵都要處置那些「破荷葉」，她偏要說：「我最不喜歡李義山（商隱）的詩，只喜他這一句：『留得殘荷聽雨聲』。偏你們又不留着殘荷了。」這句來自《宿駱氏亭寄懷崔雍崔袞》，原句是「留得枯荷聽雨聲」，因為有黛玉這一言，大家都以為是「殘荷」了。

# 第 16 節　別有見解的羅隱

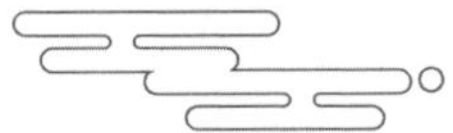

羅隱有很多民間故事，我母親是浙江人，跟他是同鄉，所以我小時候曾聽過。其中一點說他是乞丐命、皇帝嘴，窮得要討飯，但嘴很靈。

事實是羅隱樣子長得醜，滿嘴難聽鄉音，嘴臭脾氣差，討人嫌。他參加進士考試十多次，都沒考取，所以牢騷更多待發泄。

有一次，他聽說一個玩猴戲的江湖客，因為訓練猴子玩把戲，唐昭宗一高興，就賜他紅袍一領，官居五品供奉(官職名)。羅隱寫詩一首：

《感弄猴人賜朱紱》

十二三年就試期，五湖煙月奈相違。

何如學取孫供奉，一笑君王便着緋。

意思是考了十多年無所得，不如學那弄猴人，博君王一笑，就緋（紅色）袍加身。

那年羅隱去應考，經過鍾陵，筵席上有個叫雲英的娼女，互相認識了。十多年後羅隱又到鍾陵，與雲英重逢。她脫口而出：「羅秀才仍未脫白（仍為布衣）矣！」羅隱聽了當然不是滋味，成詩一首，題目是《偶題》(一作嘲鍾陵妓雲英)：

鍾陵醉別十餘春，重見雲英掌上身。(仍然可作掌上舞)

我未成名君未嫁，可能俱是不如人！

最後一句自嘲嘲人，有白居易「同是天涯淪落人」的類比。

羅隱詩的特色是比白居易更淺白和口語化，往往成為民間話語，更難得的是對事物常有非一般的見解。譬如人說「雪兆豐年」，他寫的《雪》說：

盡道豐年瑞，豐年事若何？

長安有貧者，為瑞不宜多。

你們說下雪是祥瑞，可知道窮人要捱凍了。

有人把國家之興亡，歸罪於女子，羅隱不同意，他寫《西施》：

家國興亡自有時，吳人何苦怨西施。

西施若解傾吳國，越國亡來又是誰？

他心中的鬱悶和不平之氣化為詩句，使許多有同感的覺得說出了他們的心聲。

如：採得百花成蜜後，為誰辛苦為誰甜？

如：今朝有酒今朝醉，明日愁來明日愁。

## 第五章

# 漫談唐詩

# 第 1 節　風塵詩迷

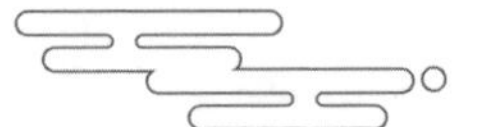

讀唐詩發覺唐代女詩人極少，只有一個薛濤算是像樣的。她跟元稹有一段情，卻因事惹他生氣，不再答理她。於是她寫了《十離詩》討他歡心，包括《犬離主》、《筆離手》、《馬離廄》、《鸚鵡離籠》、《燕離巢》、《珠離掌》、《魚離池》、《鷹離鞲》、《竹離亭》、《鏡離臺》，費煞心思，幸能感動元稹，言歸於好。

這些會寫詩、懂唱酬的多是風塵女子，嚴肅如杜甫也與她們有交往。

《全唐詩》上有一位叫顏令賓的風塵女子，她的行事就是一標準詩迷。

她舉止風流，會屬文寫詩，喜歡結交文人雅士，待他們特別殷勤，又向他們索取作品，歷年來收藏得滿箱滿篋都是。

那年暮春，她病了，而且病得不輕。叫人扶她坐在階前，微風下花瓣像雨灑落，她輕輕歎息。呆了一會兒，命家人去邀約新登第的進士和一些常來往的朋友，準備了酒菜，說是要盡一日之歡。

她氣喘吁吁的說：「我日子無多了，趁我還在，你們要寫詩輓我。我先帶個頭。」她隨即吟道：

氣餘三五喘，花剩兩三枝。

話別一尊酒，相邀無後期。

大家聽了都感難過，各自吟詠，語多慰留。

可是數日後她還是去了。有一個會作曲的朋友把她這首詩編成曲，在靈柩送行時同唱。歌聲悲哀，引來許多歎息。她的墓地在青門外，歌曲遠傳至長安，連其他人出殯時也當作輓歌來唱。

## 第 2 節　寧無一個是男兒

《全唐詩》所收女子寫的詩不多，其中多有故事，有三個是我喜歡的。

### 袍中詩

開元年間，戍守邊疆的士兵收到一批寒衣，來自宮中，用以鼓勵士氣。有一個士兵收到寒衣後，發覺裏面藏有一首詩，他不敢私藏，交給主帥，主帥又把它送回宮中。詩是這樣寫的：

沙場征戍客，寒苦若為眠。
戰袍經手作，知落阿誰邊？
蓄意多添綫，含情更着綿。
今生已過也，結取後生緣。

寂寞的宮人對個人的未來已不存奢望，只盼望寒衣能帶給她來生的緣分。

明皇看到這詩後，心中有感，將它在宮中傳觀。一個宮人跪伏在地，說罪該萬死，承認詩是她寫的。明皇說：「詩寫得好，朕將你許配這位將士，讓你們結今生緣可好？」

袍中詩成就了一段佳話。

**題紅葉**

唐宣宗時舍人盧偓，娶妻韓氏。韓氏本為宮人，被放出後，嫁給韓偓。有一天韓氏在丈夫的巾箱中看到一片紅葉，上面有詩一首：

流水何太急，深宮盡日閒。

殷勤謝紅葉，好去到人間。

「盡日閒」可見其寂寞，「到人間」說明她所處是非人生活。這可說是一首「宮怨詩」。

「相公，你這紅葉如何得來？」

「那年我赴京考試，偶然經過皇宮，見御溝中淌出一片紅葉，把它檢起，發現上面有一首詩，想是宮人所寫，收藏至今。」

「相公可知此詩乃何人所寫？」

「如何得知？」

「正是妾身。」

兩人相擁，歎息緣分之奇妙。

## 寧無一個是男兒

宋太祖僅以數萬兵力攻打後蜀，蜀主孟昶擁兵十四萬竟不戰而降，與皇后花蕊夫人同為臣虜。宋太祖想聽聽花蕊夫人對國家敗亡的想法，她以詩回答：

君王城上豎降旗，妾在深宮哪得知？

十四萬人齊解甲，寧無一個是男兒！

既駁斥了女人禍水的舊觀念，也痛罵十四萬將士沒有一個有抗敵的勇氣。遺憾、氣憤、嘲諷、責備的情緒在這四句中表露無遺，使人感覺痛快，佩服花蕊夫人是一個厲害女子。

我認為這是唐代女性最好的一首詩。

## 第 3 節　劉項原來不讀書

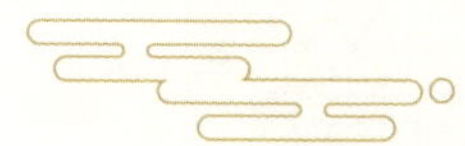

古人經過比他們更古的前人遺跡，難免有所感觸，化為詩篇。這類詩多得很，幾乎每個詩人都寫過。

但要寫得好，不能有泛泛之論，要讀來「醒神」，或有獨特見解，或有尖新感受。

駱賓王是個慷慨有大志的人，後來參加徐敬業反武則天的軍事行動，寫過一篇《代徐敬業傳檄天下文》，連武則天讀了也慨歎「宰相安得失此人！」

之前他曾經過易水，是燕太子丹送別荊軻前往刺秦之地，駱賓王有感，成《於易水送人一絕》：

此地別燕丹，壯士髮衝冠。

昔時人已沒，今日水猶寒。

好一句「今日水猶寒」！那壯烈肅殺之氣仍籠罩在易水之上，與後來者互相激盪。不知駱賓王送行的是誰，相信是大事業上的同志。

詩人章碣經過焚書坑，是秦始皇焚書坑儒的遺跡，寫了《焚書坑》：

竹帛煙銷帝業虛，關河空鎖祖龍居。

坑灰未冷山東亂，劉項原來不讀書。

竹帛是書，祖龍是始皇，劉項指亡秦的劉邦、項羽。始皇以為焚書坑儒可鞏固統治，卻覆亡在不讀書的對手上，多尖銳的諷刺！

杜牧經過烏江亭，項羽兵敗自刎處，寫《題烏江亭》：

勝敗兵家事不期，包羞忍恥是男兒。

江東子弟多才俊，捲土重來未可知。

話是這麼講，結局的確是「未可知」。不過杜牧提了兩點理據：包羞忍辱一樣是男兒所為，勾踐是一例，而江東不乏才俊之士，機會還是有的。歷史不能改變，議論不妨多元。

## 第 4 節　唐詩的現代感

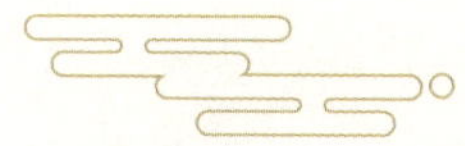

讀唐詩，有些不是名作，但也可能帶來喜悅，其中一樣是現代感。原來社會制度會變，生活方式會變，道德標準會變，人的情感卻變得較少，否則不會引起我們共鳴。喜其喜，悲其悲，歡笑或灑淚。

開元年間進士萬楚寫過一首《五日觀妓》，「五日」是端午那天，「妓」同「伎」，歌舞表演者。詩曰：

西施謾道浣春紗，碧玉今時鬥麗華。

眉黛奪將萱草色，紅裙妒殺石榴花。

新歌一曲令人豔，醉舞雙眸斂鬢斜。

誰道五絲能續命？卻令今日死君家。

第一、二句用三個美女來比喻這個女子：西施、碧玉、麗華。第三、四句寫化妝和服裝，「奪將」和「妒殺」指比美麗的更美麗。她唱歌了，所有的人豔羨她唱得這麼好。舞蹈時秋水盈盈似帶醉意，鬢髮亂了輕攏一下。

據説端午節在臂上纏五色絲線可以延壽，可是今天——救命呀！我要死在你家了！

他為什麼要死？當然是對這女子太癡迷的誇張之語。等於現代男子見美女而動心，在心中說：「死啦！死啦！我沒命啦！」讀過許多的唐人詩歌，沒有一首説得如此直白，像現代人一樣。

被稱「大曆十才子」之一的李益，有一個愛戀的約會，看來是期待已久，而且對方遠在千里之外，相見不易。不知為什麼忽然告吹了，而且斷絕得徹底。就那麼突然，一夕間便無可挽回了，使這個本屬花月佳期的良宵，再不值得期盼和留戀。他獨個兒躺在竹蓆上生氣，成詩一首：

水紋珍簟思悠悠，千里佳期一夕休。

從此無心愛良夜，任他明月下西樓！（《寫情》）

這最後一句最令人莞爾，佳人變卦，無可奈何，只能拿月亮出氣：你下西樓也好，下東樓也好，從此我再不在乎你了。這情緒跟現代失戀中人，又有什麼分別呢？

## 第5節　春江花月夜

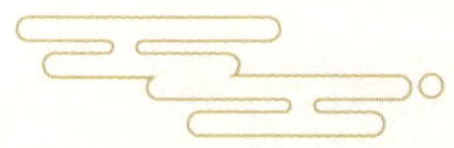

現代詩人聞一多寫過一篇《宮體詩的自贖》，稱讚張若虛的《春江花月夜》是「詩中的詩，頂峰上的頂峰」，因此讀唐詩不能不讀它。這詩不宜節錄，因此要全首登出在下面：

春江潮水連海平，海上明月共潮生。

灩灩隨波千萬里，何處春江無月明？

江流宛轉繞芳甸，月照花林皆似霰；

空裏流霜不覺飛，汀上白沙看不見。

江天一色無纖塵，皎皎空中孤月輪。

江畔何人初見月？江月何年初照人？

人生代代無窮已，江月年年望相似。（望相似 一作「只相似」）

不知江月待何人，但見長江送流水。

白雲一片去悠悠，青楓浦上不勝愁。

誰家今夜扁舟子？何處相思明月樓？

可憐樓上月徘徊，應照離人妝鏡臺。

玉户簾中卷不去，搗衣砧上拂還來。

此時相望不相聞，願逐月華流照君。

鴻雁長飛光不度，魚龍潛躍水成文。

昨夜閒潭夢落花，可憐春半不還家。

江水流春去欲盡，江潭落月復西斜。

斜月沉沉藏海霧，碣石瀟湘無限路。

不知乘月幾人歸，落月搖情滿江樹。(落月一作落花)

有人甚至把這首詩高舉為「孤篇蓋全唐」，我覺得那又未必。頭痛的是談論這首詩不知從哪個角度進行，或許是我的水平不夠吧？那就從個人的感覺說說。

第一個感覺是美，春、江、花、月、夜是五樣美麗的東西，詩中互相交織，美不勝收，而文字之美、音韻之美同時具備。

第二個感覺是情，男女相思，借月華、落花、流水表達，離愁無限，卻又傷痛得美麗。

第三個感覺是中有哲思，時空無限，無始無終，月色依舊，所照臨的人不同，但代代相生，卻也是另一種無窮。

聽過以《春江花月夜》命名的曲，看過以《春江花月夜》命名的舞蹈，所得的感動都不及原本的文字。建議你朗誦幾次。

不知乘月幾人歸，落月搖情滿江樹。

# 第 6 節　我的選擇

為中學生寫一本導讀唐詩的書，讓我享用了一趟唐詩的盛宴。最後選出我心中之最，拿其中一句做代表。

最好的愛情詩——兩小無嫌猜　李白《長干行》。

最好的友情詩——重上君子堂　杜甫《贈衞八處士》。

最好的述懷詩——明朝散髮弄扁舟　李白《宣州謝脁樓餞別校書叔雲》。

最好的反戰詩——爺娘妻子走相送　杜甫《兵車行》。

最好的送別詩——西出陽關無故人　王維《送元二使安西》。

最好的懷古詩——潮打空城寂寞回　劉禹錫《石頭城》。

最好的田園詩——斜陽照墟落　王維《渭川田家》。

最好的敍事詩——此恨綿綿無絕期　白居易《長恨歌》。

最好的悼亡詩——貧賤夫妻百事哀　元稹《遣悲懷》。

最好的諷喻詩——心憂炭賤願天寒　白居易《賣炭翁》。

最好的吟物詩——春風吹又生　白居易《賦得古原草送別》。

最好的風景詩——獨釣寒江雪　柳宗元《江雪》。

最好的鬼詩——無物結同心　李賀《蘇小小墓》。

最好的民歌體——道是無晴卻有晴　劉禹錫《竹枝》。

最好的宮體詩——何處春江無月明　張若虛《春江花月夜》。

最好的飲酒詩——但願長醉不願醒　李白《將進酒》。

最好的思念——卻話巴山夜雨時　李商隱《夜雨寄北》。

最好的演奏——大珠小珠落玉盤　白居易《琵琶行》。

最好的靜境——夜靜春山空　王維《鳥鳴澗》。

最好的寂寞感——念天地之悠悠　陳子昂《登幽州臺歌》。

最好的喜悅感——漫卷詩書喜欲狂　杜甫《聞官軍收河南河北》。

最好的二次創作——不辨仙源何處尋　王維《桃源行》。

查一查，這二十二首中，《唐詩三百首》有十六首，可說是所見略同了。